Cool Memories IV

1995-2000

棱镜精装人文译丛
主编 张一兵 周宪

冷记忆
1995—2000

(法)让·波德里亚 著　张新木 陈凌娟 译

Jean Baudrillard

南京大学出版社

图书在版编目(CIP)数据

冷记忆.1995~2000/(法)波德里亚(Baudrillard,J.)著;
张新木,陈凌娟译.—南京:南京大学出版社,2013.4(2018.7重印)
(棱镜精装人文译丛)
ISBN 978-7-305-11177-8

Ⅰ.①冷… Ⅱ.①波… ②张… ③陈… Ⅲ.①随笔-
作品集-法国-现代 Ⅳ.①I565.65
中国版本图书馆CIP数据核字(2013)第040382号

Cool Memories Ⅳ, 1995-2000
de Jean Baudrillard
Copyright © Editions Galilée 2000
Simplified Chinese edition copyright © 2007 Nanjing University Press
All rights reserved
江苏省版权局著作权合同登记 图字:10-2007-079

出版发行	南京大学出版社
社　　址	南京市汉口路22号　邮　编　210093
网　　址	http://www.NjupCo.com
出 版 人	金鑫荣
丛 书 名	棱镜精装人文译丛
书　　名	**冷记忆:1995—2000**
作　　者	(法)让・波德里亚
译　　者	张新木　陈凌娟
责任编辑	陈蕴敏　沈卫娟
照　　排	南京紫藤制版印务中心
印　　刷	江苏凤凰盐城印刷有限公司
开　　本	787×960　1/32　印张6.75　字数86千
版　　次	2013年4月第1版　2018年7月第3次印刷
ISBN 978-7-305-11177-8	
定　　价	35.00元
发行热线	025-83594756
电子邮箱	Press@NjupCo.com
	Sales@NjupCo.com(市场部)

* 版权所有,侵权必究
* 凡购买南大版图书,如有印装质量问题,请与所购
　图书销售部门联系调换

这无声的笑,很有些查拉图斯特拉①教的味儿,花儿无声地笑着。草和植物以及整个森林都无声地笑着。天空和星星无声地笑着。如果有一个宇宙的背景声音,那就是这个无声的笑声。这个听不见的声响,犹如一个遥远的回声,那是人类出现的回声,是现实世界的灾难的回声。

---

① 查拉图斯特拉(Zarathoustra,约前 628—约前 551),伊朗古代预言者及宗教改革家,拜火教的创始人。(本书所有注释皆为译注。)

河流的分水线——思想的分界线。没有平面球形图的广度。河流和命运总是要相互分离。

有一个不可见事件的磁极,和历史的极点不同,它通过事件的质量,改变着历史事件的轨道。

还有一种精神空间和历史空间的弧,大体与地球的弧和物理空间的弧相似,它使得任何关于平面化和线性的想法变得无法设想。

一个等温的世界,由于风和阳光的不在场而没有蒸发,是一个死的世界。同样,一个躯体,由于其体液被隔离,所以不再有任何东西从中蒸发,没有任何分泌物从中流出,就像在今日的极端卫生主义中,是一个死的躯体。

全世界受害者,注意不要报仇心切,你们将不再值得我们同情。别让复仇心抹掉杀戮的恐怖。

只要再多一个生灵,一切将变得人口过剩。

概念是无法表现的,而图像是无法解释的。两者之间有一个不可弥补的距离。正因为如此,图像总是靠对文本的怀念而活着,而文本则靠对图像的怀念而生存。

应该与制度和睦相处,但要反抗制度的后果。应该怀着这种想法去生活,即我们已经从最糟的境况中幸存下来。

应该考虑到,我们已经进入一个禁止思想的阶段,因此必须准备向**虚拟**(Virtuel)的地下活动和地下墓穴过渡。

对政治舞台作一简单的扫除,会让我们摆脱它的无意义性。但是权力依然保留,如同卫生和治疗功能,如同驱邪仪式,如同抗抑郁药物。

一段段时间在时间的数码广度上漂浮,如同地图广度上领土的碎片,如同从语言奴役中挣脱出来的写作碎片,如同从现实的越来越幽灵化的真切中抓取的图像碎片。

犬儒主义适应于酷热,同时也适应于猪狗般的生活。自我在其中飘浮,但超我在其中更加得心应手,在意志的冰冷空间中运动着。

这些肩膀,我曾经在某医院一张病床的白色中看见过,我再次发现它们在一件婚纱的黑色紧身衣中闪闪发亮。

萨列里①说得很有道理：完美、优雅（莫扎特的优雅）是有罪的，应该被毁灭。这种对普遍平庸的侮辱应该得到报复。萨列里的呼喊是对落在我们身上的不平等命运的挑战。但是民主的赎买也是不能接受的。

若说上帝的仁慈无穷无尽，这仅仅意味着这份仁慈处在无穷的距离外。（厄普代克②）

蝴蝶翅膀的扑打，可以在地球的另一头引发一

---

① 萨列里（Antonio Salieri，1750—1825），意大利作曲家，长期为奥地利王室效力。许多文学作品将其描写为一个妒贤嫉能的人，甚至说他毒杀了与自己同时代的天才音乐家莫扎特。这一说法并无根据。
② 厄普代克（John Updike，1932—2009），美国作家，代表作有《兔子》四部曲。1981 年和 1990 年两获普利策奖。

场热带风暴,那么相反,人们难道不能想象,一场飓风会缩小成蝴蝶翅膀的扑打呢?或想象一阵微风,它会在世界的另一头演变成蝴蝶翅膀的灾难呢?也许混沌的理论最终只对飓风和蝴蝶有效。

　　截获哲学世界中化石般的响声。这将使马克思的理论在赛博空间(cyberespace)中更为响亮。虽然几乎听不见,但这个理论却告诉我们光年的数量,即将我们和革命①相分离的光年数——革命,即拉开历史序幕的事件,比如宇宙大爆炸或原始的罪恶,这种事件说到底从未发生过,而且我们最终也不可能接近它,由此导致了任何历史真相的不可能性,还有任何起源科学的不可能性。

---

　　① "革命"一词的原文为"révolution",该词在法语里也有天体"公转"的意思。作者在这里用的是双关语。

奇怪的梦境，一个阳具进入一个阴茎的尿道口，而阴茎又与女性的生殖器融合为一体（在梦中，这一切都非常逼真）。最后，它们成了一对连体人，两人由一个共同的阴茎连接着，如同一个X型的玻璃瓶。这是一个拓扑学形象，其中瓶颈和瓶底互相衔接，形成一个整体的凸状物体。

于是这两人在一起既幸福又很不幸，从今以后，当其中一人变得更糟时，另一个就自动变得更好。这个天平可以永无止境地互相平衡。在这完美的一对中，一人身上消失的东西会在另一人身上重现。

当女人说，我想和你做爱，这是一种供给。当一个男人这么说时，这是一种需求。供给对于需求的绝对特权。但是当女人投怀送抱时，这也是一种需求（取得某人同意的需求），而当男人要求女人委身时,他向她供给了他的需求。

最美丽的凶杀故事。

一位杀人凶手累积证据,成功地说服了他的朋友,证明是他在梦游病发作时杀了人。朋友被判刑,在曾经是罪人的幻觉中服刑。二十年后,他们再次相遇,这次真正的凶手把所有证明他朋友无罪的证据给了他的朋友。从某种意义上讲,他通过这个致命的揭发圆满地完成了他的凶杀。朋友在头晕目眩中猜测到是这个人策划了这一切,但为时已晚。塞罗内蒂①会说,这是一门秘传的犯罪学。

思想和现实以大写 V 的速度②,并根据分叉的

---

① 塞罗内蒂(Guido Ceronetti, 1927—),意大利诗人、剧作家、记者。代表作有《身体的沉默》(*Il silenzio del corpo*)、《外表的生活》(*La vita apparente*)等。
② "大写 V 的速度",法语为"vitesse Grand V",意为"很快的速度"。

斜视运动互相远离。思想向着深层的困惑斜视过去,而现实变得越来越模糊。①

系统和分析如同互相竞争的影子。当一个更加优化时,另一个就变得更为激进。但是谁还会关注这种激进性呢?这种激进性不再是诱导性的,而是轻泻的。你以为成了杀童天使②,其实你只是做了一次灌肠!

怀着恶意的快感,去观看人们争相从栏杆下通过,而那根杆子已经很低。知识界的懦弱成了我们这个时代一个真正的奥林匹克项目。一种兽性的共识在最小公分母上产生。

---

① 在法语中,动词"斜视"(loucher)的第三人称单数形式为"louche",和形容词"模糊的"(louche)的词形相同。这里是作者的文字游戏。
② 杀童天使(Ange Exterminateur),圣经人物。根据《圣经》记载,以色列人逃出埃及时,该天使将埃及的小孩全部杀掉。

随着时间的流逝，**真善美**玩着奇怪的音乐椅游戏①。首先是**善**和道德价值的最高权力。而**恶**只具有美学价值：丑变成了美。所有这一切被既不美也不丑的现实扫除后，就变成了真。客观性成了占主导地位的道德价值。但这不会持续太久的，因为说到底，拟像和**虚拟**将战胜所有的价值。

"孪生"粒子不可分离的（微观物理学）假设，它正在信息的世界同时性中被检验——在实时中地球上所有的点的拥挤，空间和时间的废除。问题是这种同时性又叠加了一个事物间不可消除的不在场。而精神的拥挤又叠加了一个身体间不可逾越

---

① 音乐椅游戏（Jeu des chaises musicales），即抢座椅游戏。游戏参与者为奇数，比椅子数多一人。当音乐开始时，游戏者便围着椅子转圈；当音乐停止时，大家抢坐椅子。没有坐上椅子的那一人便被淘汰，以此类推，直到只剩下最后一名游戏者，他就是胜者。

的距离。

令人欣慰的是,在我们衰老的同时,当今世界比我们衰老得更快。以这样的节奏,我们将在它之后存活下来。

乌斯怀亚①的苦役监狱,惯犯(Recidivistas)的苦役监狱。那个被监禁者,没人知道他的姓名、罪行、最终的命运和死期,但是留下一张他的照片,唯一的一张——所有这些印第安人中被监禁的一位兄弟。这些印第安人,人们不知道他们的名字、罪行,但人们非常了解他们的最终命运。

罪犯、流放者、无政府主义者(包括那位炸死了布宜诺斯艾利斯警察局局长的犯人,他在二十年后

---

① 乌斯怀亚(Ushuaia),世界上最南端的城市,阿根廷南部火地岛省首府,在 20 世纪前半叶的大部分时间里,一直是重刑犯的流放地。

被特赦,改判为流放)和印第安人的奇怪世界,还有慈幼会①传教士,他们是一个退化的种族的行善寄生虫,如同假山毛榉森林周围的地衣,吞食着和淹没着这片树木。

森林好像遭到近期灾难的破坏。遇难船只的残骸。移民和航行者的墓地。而如今则是一种反时序的现代化的灾难,混凝土,灰尘,交通,马达轰鸣声,亵渎行为,似乎要消灭掉世界尽头的宁静。

人们以为已经甩掉了世界的剩余部分,但是它仍然在你的面前,带着它的传真,它的技术,它的摩托车,它的录像机,它的免税商品。到这儿来吧!这里能梦想任何事物和任何思想的可能的结局。但是人们从中看到,世界唯一的尽头是一个无限循环的尽头。人们走到哪里都是世界网络的人质。

---

① 慈幼会(Salésien),天主教组织之一,1857 年由意大利天主教神父鲍思高(San Giovanni Bosco)创办。

无法剪断这根脐带。人们自己就是一个极端的现象,处于自身终结的另一边。

阿拉卡卢夫人①,他们不知道自己处于世界的尽头。火地岛②的印第安人就在那里,不在其他任何地方。航海家、冒险家、传教士和被流放者也一样,在他们的时代发现了另一个世界,这个世界与他们的世界没有任何共同的尺度。而我们正好相反,作为那里的游客,带着我们发现了一切的骄傲,还有对这个已经完结的世界的遗憾。

一个被破坏的世界,同时怀着一种古老的孤独情感。一个从前的灾难,它来自时间的深处,但还一直持续着。一种诅咒的情感,火地岛人把这种情

---

① 阿拉卡卢夫人(Alakalouf),火地岛的印第安土著居民。
② 火地岛(Terre de Feu),南美洲的最南端岛屿,分属于智利和阿根廷两国。

感转移到他们自己的神灵身上,当他们有这种情感时——神灵们很难在一个没有太阳、没有怜悯的世界中站稳脚跟,甚至成员之间都没有怜悯。既没有人类生灵的足迹,也没有荒漠的自然的伟大——在巴塔哥尼亚①,不管人们走到哪里,都是自然的对立面,也是文化的对立面。没有起伏的领土的辽阔,贫瘠的地平线的空旷,一个大洪水的形式或大洪水前的形式。既没有城市也没有自然景观,所有的一切只有在文明世界中才具有意义。"城市化"地带是一个由灰尘、混凝土、霓虹灯和人造声响组成的虚无,呈现着音乐、衣着、机械和技术的平庸。

这里,所有非人类的东西都是崇高的,所有人类的东西都是龌龊的。身处"世界的尽头"照亮了这种反差。人们从中所发现的是,它不是一个原始的世界,它是无法破坏的野蛮形式和人类种群那破坏性的控制所组成的混合物。

---

① 巴塔哥尼亚(Patagonie),南美洲最南端,主要位于阿根廷境内,小部分属于智利。

紧接其后的是纽约——世界的另一个顶端。火地岛是遥远的末端,周边的末端——纽约是中心的末端,是我们世界末端的重心。但是这两个末端都以各自的方式,给人身处另一个行星的印象。火地岛上是地理时间的膨胀,而这里是时间的衍射和实时时间的加速——其无时间性处在表面,而火地岛的无时间性则处在深处。如果说在火地岛,太阳在正午时移向北方,这对一个北方人来说总是显得非常神奇,那么当太阳在纽约升起和降落时,这似乎也很奇特吧。纽约的天象除了遵循自己的轨道外,似乎对其他的轨道漠不关心。在曼哈顿岛的尖角上,靠近埃利斯岛(Ellis Island)和斯塔滕岛(Staten Island)附近,人们真像是身处比格尔海峡[①]两岸。

[①] 比格尔海峡(Canal de Beagle),火地岛岛群中的海峡,其东部分支构成阿根廷和智利的分界。

高压——永久的高压中心：能量是一种灾难的形式，纽约就处在一个灾难的中心。街上成千上万的人似乎没什么其他事可做，他们所做的只是让纽约存在着——纽约也没有什么事可做，只有让自己成为世界的中心。正是基于这一点，纽约也只能代表它自己，在这里发生的一切具有世界性的意义。这座城市的魅力在于，它不仅把美国的其余部分，而且还把世界的其余部分转换成了辽阔的外省。这种状况无疑会产生灾难的预感，但这是一种令人兴奋的预感，一种集体牺牲的预感。没有社会纽带，没有社交亲善，对过去和未来都没有责任感——人们并不在那里繁衍生息，纽约并不是为了繁殖而建造的城市。一切都在那里生产，仅此而已。这是一座终结性城市，没有明天的城市。

当人们从火地岛来到时代广场时，只会被人类种族的快速增长吓懵。人们不禁会想，正如身处旧金山人群中的艾希①那样,所有的死人跟活人一样都同时生活在那里,因为不可能同时有这么多的活人:上帝不能供应如此多的生命。一个活人配十个死人该是一个比较合理的比例——完全像在原始森林中:一棵活树,十棵死树。生活就是这样,不应该把生活变成疾病。结论就是:在城市的人口过剩中,十分之九的人类生灵是潜在的死人(即使他们的身体逼真得会以假乱真亦然),这就是说他们是互相割裂的生灵。作个最好的假设,他们中只有数千人保留着一种秘密的联系,一种晦涩的同谋关系,构成了一条活人的象征链,在这个巨大的灭活的人类基因组中构成了唯一有意义的序列。

在第五大道上,一个纤弱的女性身体,战斗性挑战的真正象征,挥舞着一张谴责普通淫秽品的招

---

① 艾希(Ishi,约 1860—1916),美国加利福尼亚印第安雅希(Yahi)一族的最后一人。

贴画。她就像挥舞着她自己的身份照片那样挥舞着它。她说道：你们看看我是谁，看看这张图像！——在众人漠然的眼光中不遗余力地表演着——免费卖淫的最佳典范：世上最古老的职业和信仰的表白[①]的融合，并且打着救世军[②]的旗号。

她没有明白这一点，即永远也不能递给别人一面反射其淫秽的镜子，他们只会更倾向于快乐地去自我欣赏。这种致命的误解，这位皈依的处女自己大概也受到其诱惑，甚至还在这方面虔诚地纵欲放荡。她自己就具有这种女人性（féminité）固有的特征，而她却在不知不觉中嘲弄着这一切。

撞玻璃撞到筋疲力尽的苍蝇，它懂得了什么？自然界中没有任何东西能提供一个与自然本能相

[①] 这里的"职业"和"表白"在法语中是一个词，即"profession"。又是一个双关语。
[②] 救世军（L'Armée du Salut），成立于1865年的国际性基督教慈善组织，总部设在英国伦敦，在很多国家建有分部。

似的障碍物:一个透明的障碍物。就那个将我们与他人分开的透明的虚无而言,我们并不知道多少东西,就像那只苍蝇,它对玻璃表面那个无法逾越的障碍物也知之甚少。

卡内蒂(Canetti)说:"每当一个真理产生威胁时,人类就躲到一种思想的背后。"是的,但反过来也是:每当一种思想产生威胁时,人类就躲到一个真理的背后。他说:我很想对自己的生存负责,而不是对外表负责。

微观物理学的秘密:一个粒子怎样做才能消失?有人对我们说它能持续 1^{-10} 秒——但是,既然它是"基本的"粒子,它会变成什么呢?在它出现之前,它和它的反粒子出现之前,已经有了什么呢?疑问最终归结为一个:当我们还没来到世界上时,世界会是什么?当我们将来不再在世界上时,世界又将是什么？我们为了来到这个世界曾经做过什么？我们又将做些什么以便从世界上消失？而我们不在场的后果可能是什么？想要知道得更多，那就应该使用我们的反灰质（anti-matière grise）。正像卡内蒂所说的那样，应该具备一种可以称作致死的信心。

暴风雪。航班取消了。我将不能赴约。但是我还是赴约了，因为我应该赴约，而且所有的人都在等着我。人们可以推广这类无法预料的不自在感觉——它会带来空气、魅力、讽刺和深度。其实，没有什么比出现在他应该在的地方更为平凡的了。尤其是他在那里是必不可少的人。没有什么比出现在他是必不可少的人的地方更为平常的了。

在不合时宜的影子中，那个赋予自己一种大脑扳道岔形式的东西，最终将会把自己交给真正的神灵,即交给睡眠的神灵。

客体在其系统中的消失

生产在其镜像中的消失

真实在其拟像中的消失

他者在其复体中的消失

多数派在沉默中的消失

痛苦在其透明中的消失

诱惑在其狂欢中的消失

罪行在其完美中的消失

回忆在其纪念中的消失

幻觉在其终结中的消失,最终,

幻术师自己在舞台上灯光下的消失。幻术师在其艺术终结时,只能让自己消失(但不知道该怎么消失)。

播音员口齿的变化。从前,那是高高的声音,是一种持续到句末的渐强音。今天,声音在结束前就悬在那里,类似一种呼吸暂停,一种人工的呼吸,一种内部的喘气,模仿着一种寻找词汇的样子,相当于一种寻找思想的样子。所有这一切都是为了给人一种对话的互动逼真的感觉。从前,人们导演着信息、情感和真相。今天,人们模仿话语的隐晦的起源——谁知道呢?在节目主持人身上或许也存在着无意识,他们算计好的犹豫是一种反射——精神分析学要求如此——反射他人的"不在场"。一种时下流行的修辞学。

某修道院,玫瑰红祭披的礼拜日[①]。

在举扬圣体时,我们依旧站在那些跪拜着的人群中。出于同样的理由,因为在仪式队列经过时没

---

① 玫瑰红祭披的礼拜日(Dimanche des Chasubles Roses):在降临节期间的第三个礼拜日以及封斋期的第四个礼拜日,神父穿着玫瑰红祭披主持圣事仪式。

有弯腰鞠躬,德拉巴尔骑士①被教会处死。如今时代确实已经变了。

他在 27 岁时被处死。他的头像还在一个壁龛里,一直装饰着格吕桑镇②的一个街角。褪白的颜色,凋谢的花朵,放在栅栏的后面,头像本身仍然是不宽容的对象。

没有弯腰鞠躬——至高无上的举动,它比暴力更强,比武装暴动更高贵。在其优雅中,它是最纯洁的行为,最激进的行为。不要把这一行为当作一项道德事业,也不要赋予他的行为普遍的意义——仅仅是没有鞠躬而已。如今有什么样的举动可以与此相提并论呢?

今天,我可以在举扬圣体的过程中一直站着,用目光对抗着圣体饼及其分发仪式,而不会受到任何的处罚。这就是我们的自由——但是有没有值

---

① 德拉巴尔骑士(Chevalier de la Barre,1746—1766),法国贵族,因亵渎神明而被判有罪,并处以死刑.
② 格吕桑镇(Gruissan),法国小镇,位于法国南方的奥德省(Aude)。

得骄傲的东西呢?

在现代的修道院中(混凝土墙板和抽象的彩绘玻璃窗,基督成了新乔托①式的空中飞人,悬在空无一人的祭台上方),存在一种神灵的明显的不在场。紧接着化身奇迹的是非化身的丑闻。为乡村房屋所唱的格里高利圣咏②。关于圣约翰反问基督的讲道:您是真基督吗,或许我们该等待另一位基督?(基督的回答让人匪夷所思:我是真的基督,但是不应该说出来。)而在数公里之外,是新石器时代凯尔特人的聚会。在坟茔的中心,众人紧闭着双眼,标志着沉默的协同作用。

---

① 乔托(Giotto di Bondone,1267—1337),意大利画家、雕刻家和建筑家,意大利文艺复兴艺术的伟大先驱者之一。
② 格里高利圣咏(Chants grégoriens),一种单声部无伴奏的罗马天主教音乐,得名于罗马教皇格里高利一世。

克林特·伊斯特伍德和《廊桥遗梦》。

开始是一位抽象的、没有血肉的、无性别的西部英雄。接着是一位都市的审判者,既非常严峻又疾恶如仇,但是面对女性意志却有些薄弱。最终他成了摄影师,虽然仍然是个局外人,但是这次在乡村世界的私下亲密中找到了爱情。美丽的怀旧性谐调,这个男人来自别处,他又回到别处,但经历了他那个时代以及电影本身的所有神话变体。其他的大腕(白兰度,尼克尔森)是一些怪物,他们在每部电影中都带着不同的面具进行表演,并在人物的夸张表演中自行解体。奇形怪状的怪物,由某种疯狂带向其组合角色的彼处,但是他们并没有勾画出特别的人生轨迹(不是所有的人都有机会像詹姆斯·迪恩那样,在一张纸牌上演绎自己的命运)。克林特·伊斯特伍德是唯一忠实于其神话形象的人。

罢工日的轻巧的空想——步行,步行,终于被剥夺了交通工具,终于被剥夺一种生活的便捷,一种不需补偿的生活的便捷。一个减法的瞬间——一个完美的瞬间。

在演变成全面罢工之前,乘上没有(或几乎没有)乘客、没有查票员、也许没有驾驶员的高速火车。理想社会的图像,保障最低限度服务和自动驾驶的社会,由规约的条件反射和看不见的控制构成的社会——一个梦想!

以高度的关注去探索人们,迫使他们说出一切。
以极端的粗心去注视人们,迫使他们保持沉默。

永远不要在今天做只能明天做的事情。因为只能明天做的事情,今天你就不能做。永远不要在今生做你能够在来世做的事情。想想所有那些失去了魅力的事情,那是因为你在前世已经做过了!

为炼狱中的灵魂祈祷,这个想法并不坏。但是说到底,究竟为谁祈祷呢?因为显而易见,我们就在炼狱中,我们在这里赎罪,即使基督用他的死为我们赎了罪,我们还要永远做牛做马去支付利息。说实话,这些炼狱中的灵魂,更应该祈祷让它们留在那儿,因为人们知道地狱是怎么回事,还有那些在地狱中被火煎熬着的人们,因为地狱就是只能永远作恶——那么那些在天堂的人,那些对**恶**没有任何概念的人又怎样呢?只有上帝知道是什么在等待着他们。

无论如何,地狱在今天是无法想象的。**恶**的永久性也是无法想象的。所有的一切,遗传、环境、无意识等都与之对抗。甚至过去的罪行也是可减轻的情节。由于罪犯和受害者之间的互动,基因和意志的互动,因与果的互动,一切都变成了可减轻的情节。

无论哪种形式的思想都要求通过清空来做准备。必须清空累积性脓疱,因为在所有事情上我们都知道得太多。没有比愚蠢的排解更好的方法了,以便能战胜压垮思想的巨大质量。没有比强迫性的智力体操更好的方法了,以便排除已有的成见。思想的准备和愤怒的准备一样,都非常神秘。

思辨性愚蠢的统治,统计性愚蠢的统治:"大部分法国人认为……","66%的人认为克林顿在道德上没有罪过"。用专家的语言:"在今后20年中,加利福尼亚预计会出现大地震","专家们认为,秋季将会出现经济复苏"。用不容置辩的反信息:"一次恐怖行动的假设已经被排除"。明显的原因:"温和的天气增加了雪崩的危险"。整个信息都是一种对轻信和愚蠢的思辨。

每天都会出现血液液化的奇迹。事件中凝固的血液通过信息的破裂伤口往外流淌。每日,我们的血液在经过毛细管特性装配到所有网络中后,便自我液化在报纸中,流淌在屏幕上,如同在确定日期中圣雅纳略①的血液。

理想的夫妻(《午后四点》——阿梅丽·诺冬②)太美好了,实难成真。然而魔鬼般的夫妻,野性的、肥胖的和无性别的夫妻实在丑恶,同样也难成真——灿烂青春的凄惨灵媒外质(ectoplasme)。只有两人的交媾是真实的,意思是说每一方都是另一方的真相。这倒不是说恶是善的真相,或善是恶的

---

① 圣雅纳略(Saint Janvier,拉丁语为 Januarius,约 270—305),意大利那不勒斯主教,于公元 305 年殉道。该圣人的血液至今仍存放于那不勒斯大教堂,血液呈红色固体状,据说在每年 5 月、9 月和 12 月举行的宗教仪式中,固体血液会变成液体,故称圣雅纳略奇迹。

② 阿梅丽·诺冬(Amélie Nothomb, 1967—   ),比利时畅销作家。作品有《诚惶诚恐》《午后四点》及《冬之旅》等。

隐藏真相。善的幽灵与恶的幽灵在最彻底的不道德中互相合作。而阿梅丽的文字本身以其无信义的特点,与这个假设不谋而合。

这个在罗切斯特①医院里深度昏迷的女人——在昏迷中被强奸(《O侯爵夫人》②中的不幸姊妹在昏迷中被浪漫地强奸),怀孕并分娩出一个她永远都看不到的孩子,她没有意愿,没有意识,也没有欲望。这是我们所有人的状态的象征,我们这些现代的市民,在催眠状态下被人在精神上进行了强奸,我们在政治上被切除了大脑,并以死后的名义,腹中怀着我们永远无法看到的生灵。

---

① 罗切斯特(Rochester),美国城市,位于纽约州。
② 《O侯爵夫人》(*La Marquise d'O*),法国导演埃里克·侯麦(Eric Hohmer)1976年的作品,根据德国作家海因里希·冯·克莱斯特的同名小说改编而成,讲述了一位侯爵夫人在昏迷中被一位俄国军官强奸的故事。

由于不能预测灾难,人们便发明了"心理跟踪",借此把对受过精神创伤的人群的神经控制托付给专家们。人们在精神上对冲击进行"隔音",可以这么说,如同人们在媒体上通过禁止图像对事件进行隔音一样,如同人们在感官上对现代监狱中的犯人进行隔离一样。再也不需要改变生活,只需在大脑屏幕上或者神经末梢进行操作。

无国界医生,无国界记者,无国界知识分子——这就是十足的全球化主题:无国界的市场、信息、污染和贿赂。人们最好还是从医学、新闻、信息和文化本身中寻找国界,从一般的普遍性中寻找国界。

现代文字的很大一部分,小说的或理论的文字,都变成了亲和共生的文字——文字采用包干制,并得到参考资料和眼色提醒的支持,立等可取,外加信息作为奖金。文字停止了与读者的融洽相处,中断了在这个"异国情调"的默契中的共同生活。这种默契建立在对距离、分离和决裂的敏锐感情上,这是一道"抵挡意识河流的堤坝,以便提高意识河流的水位,加强它的力量,积蓄它的能量……"。文字中的默契只是对便捷的削价贱卖。

　

针对反对拟像的意见,他反驳道:当然啦!这并不能阻止这张桌子在物质上的存在!而且还敲敲桌子以示证明。直到此时,一向还是行得通的。但有那么一天,他的手穿过了桌子。房间笑得垮了下来。人家早就告诉你了,他只是一个魔术师!

　

正如受到火焰威胁的蝎子会朝自己身上喷射毒液一样,被自由主义和世界新秩序的火焰包围着的民主,它会向自己的静脉中滴注腐败的剧烈毒液。思想也是如此,在凄惨现实的包围中,它宁愿吞下自己的概念而自杀。

展览，博物馆，集会活动：人们惊叹的是众多观众参与的景观，而不是要看到或听到的东西。这就使得对地点和作品的享受变得几乎不可能，因为大众的无数荒谬行动阻止了这种享受——否则将更有意义，但是有什么东西的意义呢？

讲座：我在那里做什么？但尤其要问：他们在那里做什么？——那么多人聚集在一起张大着嘴，幻觉翩翩，赞许不绝。是什么促使他们坐在那死人般的座位上（为什么他们就那么难开口）？相反，还有一种隐约的印象，好像他们想吞噬你，这也许是他们的秘密欲望。但是他们没有这么做。他们任凭话语的摇晃哄骗着自己，处在一种哑巴的痉挛中或是一种神经质的嗜眠中。这就像大饭店中钢琴家的命运，只有在他停止演奏时，以及人们自动为他鼓掌时，才能意识到他的在场。只有一次，他们忘记了鼓掌——因为他们没有明白演奏已经结束。

这些人的奇怪的芭蕾舞,他们在同一条人行道上相遇,他们每个人都朝着对方冲过去,而就在相遇时却互相避开了。

在口吃中重复着同样的剧情,词语在说出口时互相碰撞,也许词语不以说话者的意志为转移,它们自己相互吸引到一起,或者说话者在词语面前惊慌失措,似乎从他嘴里跑出来的全是东西。

一位苍白消瘦、饥肠辘辘、被贫困踩躏的非洲年轻女子的广告,而同样是这个女人,重新变成了(多亏了你对国际援救组织的慷慨捐赠)一个辉煌的造物,近乎于顶级的名模。因此必须让模特儿化装成死人一般,才能给她带上苦难的面具。用什么可以让无论什么图像都成为可疑的图像,让贫困本身的真相成为可疑的真相。信息(无意的)于是成为某个运动(人道主义的)的虚伪的信息,能够在媒体上弄虚作假。这是有威慑力的广告,能使我们变成否定主义者。由于广告对真相的不断歪曲,人们最终会否定真相本身。由于对图像进行多次的算计,人们终于使你对图像感到厌烦。

在城市的不协调中,那不勒斯是最好的例子,即绝对无序的结果和绝对有序的结果完全一样。

在圣佩兰公园①的池塘边,先天弱智的患者们在作周日散步。他们惊动了池塘里的鸭子,有的飞走了,有的在冰面上滑倒。是什么东西会萦绕鸭子的意识,让它们突然失去控制而滑倒,这里可是它们整年嬉戏的地方? 是什么东西能穿越先天弱智患者的意识,让他们那样盯着你的眼睛看,那眼神既

---

① 圣佩兰公园(Jardin Sainte-Périne),巴黎16区的一个公园。

开心惬意又惊恐不安,让你对他们所显示的形象和他们的畸形产生不出任何想法?也许在鸭子的脑子和先天弱智患者的脑子里也浮现着同样幸福的想法?

庞贝城。

灾难的魅力在于它在实时中没有等同物。如果我们以某种虚拟现实的形式复活灾难,我们就等于毁灭它。然而这正是今天人们策划中的事情:一座处在生动巨片中的欧洲庞贝城,还有一场维苏威火山爆发的真实秀,等等。玻璃罩中的庞贝城,被封闭在真空中,被旅游的熔岩流埋在地下的庞贝城,今天充当了所有未来灾难拟真的交换货币。它与被关闭和被禁止的拉斯科岩洞一样,充当了黄金储备和考古的外汇储备。

人们常说全球交通的发达消除了距离。但是灾难的影响,它总是和距离成反比:中国的 5000 名死者,抵不上西方的 10 条人命。这甚至比以前更加恶劣,因为以前的冷漠还可以归咎于传播不发达——一旦这个障碍被清除,人们则可以明显地看到,在表面的团结精神背后,种族歧视是不可申诉的。

有一天,人类种群会别无选择,只能进行基因的倒数计时,这是一种半透明的自杀形式,它将清点出所有的基因,去除基因中的无效功能。人类将会从中发现一个命定的烦恼,要让这种研究放慢步伐为时已晚。毫无疑问,要挫败正在进行中的过程更是为时已晚。

有目的地的东西才能够有结束,因为目的地一旦到达,剩下的就只能是消失了。人类种群之所以能幸存下来,只是因为它没有最终的目的地。那些想给人类提供一个目的地的人们,他们通常只会加快人类的毁灭。也许是出于幸存的本能,集体与个体渐渐放弃了任何确定的目的地,放弃了意义、理性和启蒙思想,仅仅留下了对不确定境况的野性直觉。

对于政客们来说,怜悯和可笑仍然是赢得选举的最佳方法。这得益于一种传染性的团结精神,即政客们的意见和公民们看待自己的平庸观点非常一致。这在希拉克身上已经成功,对于他来说,在《木偶剧场》①里亮相有着赎罪般的牺牲价值。其诡计就是把大众情感上的残酷性引向其自身。

不是人在喝茶,而是茶在喝人

不是你在抽烟斗,而是烟斗在抽你

---

① 《木偶剧场》(Les Guignols),法国收费电视频道增补频道(Canal Plus)的一个讽刺性综合新闻节目,用木偶来演绎每天发生的重要时事。

是书在读我

是电视在看你

是世界在想我们

是目标在确定我们

是结果导致了我们

是语言在对我们说话

   而且永远永远

是时间失去了我们

是金钱挣得了我们

是死亡窥伺着我们

计算机病毒？绝对不是：信息本身就是一种病毒。

众多疾病？绝对不是：是健康高于一切，是身体的卫生设计，不久还有对出了毛病的身体的遗传设计。

迪斯尼乐园的迪斯尼世界？绝对不是：这仅仅是完全迪斯尼化了的"真实"的美国的副现象。

贿赂,挪用资金？绝对不是:这更像是对金钱的疯狂流通和系统性周转进行调节的矫正剂。初犯的不法行为？信息疯狂流通的矫正剂。这就是一种人为犯罪的风景,它洗白了邪恶的基本现实。

密特朗的奸诈不是那种厚颜无耻的政治奸诈,而是那种市民式的、属于慎重的亲密领域的奸诈。他的掩饰不是亲王的掩饰,而是失宠的感情道德家的掩饰。

最终,迪斯尼公司根本不需要并购或进行投资。而是整个的街区、城市和全体居民要求并入迪斯尼无限公司(Disney Illimited),他们自己要求进入**第四维度**。

理解一切,因此原谅一切,这是一条无法实行的道德准则。人们能够理解一位通奸的妇女,因此原谅她,并且避免把她吊死在公共广场的一棵树上。但是人们也能够理解下令吊死这位妇女的毛拉(mollah),甚至理解吊她的那棵树,甚至吊她的那根绳子。人们能够理解一切,就是不理解事情为什么会这样。

巴勒斯坦的恐怖分子最可憎的地方,就是他们在袭击事件中与对方同归于尽。他们这是在作弊。他们押上自己的性命,把死亡当作需要付出的代价。这是不能接受的。这些人没有勇气以实力相当的方式进行斗争。

在停止前雨量加倍的大雨。在接近瀑布时流速加快的河水。在接近胜利时动作失调的田径运动员。对最终条件的极敏感(hypersensibilité)。

新的城市侧影：街角上有个人一直不走，手里拿着他的蜂窝电话，或者像无精打采的猛兽围着自身打转，同时无目的地说个不停。这是对所有路过行人的侮辱。只有疯子和酒鬼能够如此践踏公共空间，无的放矢地说话，但是他们至少和自己内心的妄想联结着。而这个蜂窝人（homme cellulaire）向所有人强加着他们并不需要的网络的虚拟在场，网络成了头号公敌。

总有一天，街上走的将全是行尸走肉，有的拿着他们的蜂窝电话，有的带着他们的耳机或视频帽。所有人将同时身在他处。他们已经是这样了。直到现在，人们还只能在内心里孤立自己，从今以后，人们还可以在身体外孤立自己——这是外部裁决（for extérieur）。继监狱的囚禁之后，随之而来的是网络的移动囚禁，如同继尸体的僵硬之后，随之而来的是被押送者（homme-transfert）和形态变化多端的人的尸体的柔软,即尼采所说的"变色龙"的尸体柔软。

这是相邻者存在的节拍器式的规律性,通过墙壁传来的唯一声响而被感知。这些声响指示着他们的在场,他们的怪癖,他们的时刻表,他们日常的仪式,他们的出发。不可抗拒。

未来的城市将只是机场的分部,完全就像现在的城市那样,它们已经成了高速公路的终端,高速公路又将国土划分为格子网。

未来的机场将距离巴黎120公里。假定它在北方,布鲁塞尔的机场以同样的距离与其对称,只需合并机场就可以从一个城市到达另一个城市。再也不需要起飞,所有的一切将在同一起飞点上合并。统一的欧洲只需要一个大型的航空枢纽。要去法兰克福,伦敦和马德里,只需作一个二次转机就到了。也就是说完全和以前一样,只需在欧洲航空中心里就能完成。还有更好的:一个世界航空枢纽。航空枢纽化的地球,就像即将进行的旅行那样,在同一个航空网内,在修正的实时中进行。人们甚至可以设想取消所有的飞机,因为航空运输不再有存在的必要。

如果历史的电影在今天突然停止,人们是否可以说,从人类种群的角度而言,历史的总结是积极的呢?在最近的几个世纪中,人类在数量上成倍地增加,并且企图完全控制和改造世界。但不幸的是,我们很有可能因最后这段时期而被人审判——这是可能发生在我们身上的最糟糕的事情。

全球化、因特网和虚拟世界的颂扬者,或普遍性和道德价值的怀旧战士——我们在这个历史中的立场又有什么分量呢!是这个世界在抵制全球化,是这个全世界在抵制普遍性。

临终圣油礼曾经是不太被容忍的圣事,因为如果要幸存下来,就应该节制任何的性事。好像死亡属于那种通过性来传染的疾病一样。

没有避孕套的爱情只存在于虚构中。只有小说或电影能够拯救自由的和无预防的交媾记忆——古老的不道德做法,将来的后代们无疑会随心所欲地嘲笑这种做法。后代们将如何看待这些不负责任的夫妻的图像?这些夫妻缠抱在一起,遵循的仅仅是性快乐的规则。然而令后代人更加费解的是那些贞操带的性爱。

当一个物体完全像另一个物体时,那它就不完全像这个物体了,它有点过分像它了。①

人们在谈论宇宙和空间时,就好像在谈论将来,而过去和起源总是被埋藏在大地的深处(除了在《2001:太空漫游》②里,那种轰动性的回归,回归到起源,回归到太空的广袤深处)。

大爆炸就是这样的一个事件,在某种程度上,它在科学的未来中等待着我们,如同一条地平线,况且还是无法到达的地平线。于是,超遥远星星的光线就成了某个还没有和我们谋面的过去的一部分,因此也是我们的将来的一部分。

在那里进行着一种时间和空间的图像变

---

① 原文为英语:"When an object is exactly like another, it is not exactly like it, it is a bit more exact."
② 《2001:太空漫游》(*2001:A Space Odyssey*),斯坦利·库布里克执导的电影,上映于 1968 年,根据英国作家亚瑟·克拉克(Arthur C. Clarke)的同名小说改编而成。

形——时间的三个维度的区分说到底只是在我们地球范围内有效。这个区分就在今天在实时面前消失了。

美国人在波黑空投了和平,就像他们在海湾空投了战争一样。技术和外交的现成品(ready made)。因此和平和战争一样,都具有不真实和幽灵般的外表。

羞耻和仇恨的团结一致。两种高尚而又原始的情感,然而两者的混合却形成一种悔恨的负面激情。

思想绝非他物,而仅仅是一种幸运的巧合。

思想的物品是不可取代的。它一个也不会扔掉。它悉心照料着这些物品,如同照料自己的身体那样。这些物品没有在它之前消亡的权力。它们越是简朴和微不足道,就越是有存在的权力。这就是它们所能剩下的一切,即存在。就像对思想而言:所剩无几。那些做大事的人没有必要存在。存在,这只是对贫穷的人而言——欲望的贫穷,快乐的贫穷,精神的贫穷。富人有许多计划,而穷人只有他们的物品。

在这种淡出和谦逊的背后,倒是有这份坚定和这份自豪,这两种感觉只有在死亡的面具下才隐约显现了出来。虽然年轻和美丽,无疑还令人渴望,但她从来对此一无所知。这种沉默和谨慎,无论是在生前或是在死后,都留下一个调和的形象,协调着父亲那痛苦而又犹豫不决的形象。

除非人们希望如此而且有所预谋,否则就无法真正设想某个亲人的去世。不存在对死亡的想象。它是一种绝对的真切,人们不能够自我展现这种绝对的真切。

贡比涅城堡①公园,它的白霜,它的凄凉,它的雾景,那里闪耀着几尊贞洁淑女和青年美男的雕像,既充满色情又一本正经。这些雕像被迫在皇家的孤独中度过冬天——如同克洛伊②,她隐藏在浓雾中,却保持着待嫁的贞洁处女的魅力。她偶然停留在这里,身处这个人工制造的高贵风景中,整个一副死鬼面孔的仪式性做作。

---

① 贡比涅城堡(Château de Compiègne),位于巴黎北面的贡比涅市,建造于 1751 年至 1758 年间,曾是王室行宫,现为博物馆。
② 克洛伊(Chloé),希腊作家隆古斯(Longus,公元 2—3 世纪)的作品《达佛涅斯和克洛伊》中的女主人公。

女人们之间的喜悦,它产生于对另一个性别的摆脱,这个性别成了没完没了的故事的对象,但这是个处于远距离的对象。男人们之间无疑也有这种同谋关系,它与同性恋关系不同,它来自对女人在场的摆脱。知识分子之间的情况是一种特殊的情况,他们之间心照不宣的快乐产生于对这两个性别的摆脱。

突然间,她有了一种疯狂的想法,想把这只小小的黑猫抱在怀里,也就是说有个人将她抱在怀里。一种被人抚慰的突然渴望,想重新成为一个永远不会长大的小东西,尤其不能成为一位大使式的女人。

爱情带来的惊喜,远不如离开自己熟悉的地方带来的惊喜,人们曾经想有一次,就像在梦里那样,离开自己熟悉的地方,领略一下自己成为异乡人的感觉。她平生第一次,没有人知道她在做什么,也不知道她在哪里(我是唯一知道的人,但是我不属于她的生活)。

最新的心理学和治疗学的诡计:在超速的情况下,摆在你面前的选择有二,一是高额的罚款,二是观看一部关于道路交通安全的影片,并配有和心理医生的对话。根据最新消息,还有更妙的做法:违规者将有权与一位在恶性道路事故中死里逃生的人进行面对面谈话。

这是道德再教育的顶峰,是通过忏悔与宽恕进行赎罪的耶稣会式教育的顶峰。而这种忏悔和宽恕免除了我们进地狱的痛苦,却把我们推进了净化的痛苦之中。

圣彼得堡。

沿着要塞①的城墙,彼得和保罗光着身子,或几乎光着身子,沐浴在早春的第一缕阳光中,改革②的日光浴者,在全燔祭中将自己奉献给太阳。他们好像被挂在红色赭石的城墙上,或被一种离心力投射在墙上。如同广岛受到核辐射的人的侧影,或者巴勒莫的嘉布遣会修道院地下墓穴③里的尸骨。或者像被枪决者墙④,或哭墙⑤,或者像洞穴壁上柏拉图式的影子,或者像奥尔维耶托的西尼奥雷利⑥壁画,那些从黏土中显出一半的身体,覆盖着刚刚复活的苍白皮肉——还有圣彼得堡城里那些发白的身体,它们刚从冬季的虚境中走出来,刚刚出土就被竖立

---

① 指彼得保罗要塞(Forteresse Pierre-et-Paul),俄罗斯圣彼得堡著名古迹,位于圣彼得堡市中心涅瓦河右岸的古建筑,取名于耶稣十二使徒中的彼得和保罗。
② 此处的改革(Perestroïka)特指戈尔马乔夫"新思维"中的改革。
③ 1599年,意大利西西里大区首府巴勒莫(Palerme)嘉布遣会的修士在一座修道院下发现了一些地下墓穴,在墓穴中有一些制作木乃伊的完整工具。
④ 被枪决者墙(Mur des Fusillés),位于法国北部城市阿拉斯(Arras)。自1941年到1944年,先后有200多名抗德战士在这里被纳粹枪决。
⑤ 哭墙(Mur des Lamentations),位于耶路撒冷,犹太圣地之一。
⑥ 西尼奥雷利(Luca Signorelli,约1450—1523),意大利画家,他的主要作品是奥尔维耶托(Orvieto)大教堂的系列壁画。

在那里,纹丝不动且双眼紧闭,男人和女人混杂在一起,如同受刑的生番。

奇怪的宗教仪式:城市中的肉体展览,阳光下的卖淫,就像执行死刑,就在这些地方,在沙皇曾经处死了成千上万政治犯的地方。

一边是大量的污染,波哥大①都市的巨大嘈杂声,向着修道院,向着竖有铜面耶稣像的十字路爬升,而山顶的另一边,是赤道森林的完全寂静。

数十个代笔者沿街而坐,带着20世纪50年代的打字机,四周围着一群从不知道书写是咋样的文盲。而就在旁边,现代的高级雇员招摇过市,步伐

---

① 波哥大(Bogota),哥伦比亚首都。

矫健,每人都装备着手机,他们也已经不再知道什么是书写了。

在巴黎的科学城,在举行某个纪念仪式时,若从天桥上往下看,整个科学文化团体都聚集在冷餐会周围。他们似乎都传染上了脱发症,就像一群拔了毛的猴子或类人猿——秃头的脑壳与女人裸露的肩膀交相辉映。

人们知道,社交生活通常证明了一种悲剧性的失望,即对于真实生存条件的失望。

里昂信贷银行的火灾,奇迹般地摧毁了所有的档案,却保留下了建筑物的楼梯(遗产)和金融保险柜(资本)。做得高明:这样的不幸事件只会激起公众的同情心——就这样抹去了诈骗的痕迹。这就给需要承担 1500 亿债务的纳税人提供了一些安慰。

这样的事件从来就不是偶然的。即便是偶然的,它也因为过于完美而难以令人相信。

与被意义萦绕着的知识分子相反,人民大众早就察觉出,唯一的帝国就是符号帝国。

根据一种精神的危险倾向,我们重视本质胜于重视表象,重视现象的成因胜于重视现象本身,重视物体的运动胜于重视物体的静止。

如果细胞有一种不受时效约束的记忆,如同存在水的记忆那样,那么我的细胞是否会在来世,仍然保留着这个六月份的下午圣卢西亚①岛上如此柔

---

① 圣卢西亚(Sainte-Lucie),位于东加勒比海向风群岛中部的岛国,北邻马提尼克岛,西南邻圣文森特岛。

软的青草的痕迹呢？而且草的分子是否也会保留我的皮肤的电磁痕迹呢？不管怎么说，这种聚合已经在众多感觉的简单精神连续中得到实现。每个生灵都能记忆起自然界中所有其他的生灵，这真是一件神奇的事情。而每个人都能记忆起一切，任何东西在网络世界和人造记忆的世界中又都能记忆起你，这真是一件可怕的事情。

唯一真正的娱乐：呆呆地凝视那些基本的现象——在上涨的潮水边跳跃着的无数沙蚤，向着沙滩上步步逼近的海水，荒唐地重复着的小人国的形式。没有什么比这个更让人惊呆的东西了。晚上，夜间昆虫发光的腹部照亮了羊圈的昏暗，无论它们是死是活都是这样。

奇怪的大海。好几天以来没有一丝风的影子，辽阔的大海似乎完全风平浪静，而汹涌的海浪却滚滚而来拍打着海滩,好像被一种海底的风卷了起来。

北风结束了这一切,让天空和大海恢复了平常的喧闹。随着空气的运动,天空快速地移动着,让人觉得倒是太阳在云层中猛烈奔跑,就像埃及壁画上的太阳那样,快速穿越着奥西里斯①的身体。

一旦摄像镜头在日常生活中无所不在时,生活就不再是小说的论据。一旦社会学的眼睛和意识形态在激情中无所不在时,激情就不再是虚构的论据。一旦美学渗透到平庸世界的各处时,艺术就不再是幻想的原动力。一旦事实落到信息的手里,事实就不再是一个认识的客体。内线交易(Délit d'initié):大家都太了解了。知识毁坏现象,思想毁坏现实。

---

① 奥西里斯(Osiris),古埃及最重要的神灵之一。他生前是一个开明的国王,死后是冥界主宰和死亡判官。

信息并不是知识,而是让人知道(faire-savoir),这和假装知道正好对应。宣传、意识形态、广告,这不是相信,而是让人相信,这和假装相信相对应。电视,这并不是看的东西,而是让人看的东西,这和假装看到相对应,诸如此类。我们成了人为虚假的俘虏:成了让人看、让人相信、让有价值、让人愿意的俘虏。我们不再是我们行为和思想的直接主使。这只是一些异形运动(hétéromobiles)的运载体,还因为这些运载体的关键功能已经置于自动驾驶状态,所以它们对自己本身并不关心。在目的性转变的过程中模拟目的性。[①]

真理源自幻想破灭。

真实源自想象缺乏。

---

① 原文为英语:"Simulating finality in a transfinal process."

思想的想象要比思想本身更为珍贵。

每个人都是无意识潮流的活生生的围捕对象，也是无意识潮流的汇合点。是死人在牵着活人走，就像这些爬虫，其中一段身子自行向前推进，将拖在后面的身段带向自身。

恰帕斯州①的盛大礼拜仪式。整个西方的特权阶层都来到这里，融合到阿兹特克式献祭和国际纵队②的遥远回响中。还有另外一个历史事件，已经有四个世纪了，位于更南边一些的巴西海岸，那些刚刚被教化的印第安人聚集在海滩上，当着耶稣

---

① 恰帕斯州（Chiapas），墨西哥东南部的一个州，拥有众多玛雅文明遗址。
② 国际纵队（Brigades Internationales）：20世纪30年代西班牙内战期间，在共产国际的号召下，由包括中国在内的世界50多个国家的志愿人士组成了这支部队，协助共和军对抗国民军。

会名流和来自罗马的主教们的面,做一次皈依的盛大弥撒。在仪式将近结束时,他们突然感受到一种亲善的热情,于是一起冲向传教士们,将他们吞进了肚里。假如那些拉坎敦人①也突然感到一种爱恋的狂热,想吃掉那些来到反抗的祭台上献身的高级兄弟们呢? 如果他们想用这些人的血肉之躯来祭祀呢? 这正是事物的回归——知识分子长期以来正是从低级兄弟的食人文化中汲取养分的。

对贫困的受害者进行意识形态的剥削,说到底与血液及器官的非法交易没有太大的差别:这一切都是西方世界进出口的一部分。因此这一切都可能是符合逻辑的,即这种对受害者的怀念以真实的牺牲而结束,焚烧通过焚烧他人而结束,而人类学则通过它开始的地方而结束:吃人肉文化。

---

① 拉坎敦人(Lacandon),居住在墨西哥和危地马拉边境的玛雅印第安人,总共不足 600 人。他们保持着与外界隔绝的原始生活方式,是成功抵制了天主教的少数中美洲印第安人。

亚特兰大：和古罗马是同样的场景，那些来自帝国边境的角斗士为了罗马下等民众的快乐而殊死搏斗。在这里，全世界的黑人、混血儿和外国佬在地球上所有电视机屏幕上竞争角逐。时代已经变了。赌注也变了。在罗马，战败者要被处死。在阿兹特克人那里，被处死的是胜利者，他们互相竞争为的就是这个最高荣誉。今天的田径运动员则满足于在领奖台上抛头露面。

剩下的只有把性也变为奥林匹克的一个竞技项目：奥林匹克性运动会。如同在亚特兰大那样，还有性残疾人平行运动会。

一位游客和他的家人被堵在公路上几个小时，他却说："嗳，这你知道，我们现在在度假，我们在这里还是在海滩上，那还不一样……"要求不待在任何地方，这就是要把那些游民赶到公路上。不在任何地方，也就是除了家里的任何其他地方。对于工作和娱乐也一样:在这里受奴役,在那里也是受奴役。自由的那一刻,就处在从一种奴役到另一种奴役的过渡中。如果出发度假,那也不是为了摆脱日常八小时的强制工作,而是为了补偿没有被迫每天工作二十四小时,正如那些高级雇员那样,他们从来就不需要假期。

可笑的场面:饲养牲畜的农民从他们偏远的外省来到这里,登上爱丽舍宫的台阶,自然而然地中了某个总统的圈套,而总统本人就长着一副牲口贩子的嘴脸。

只有让权力的思想威信扫地,才能要求我们的领导人出示健康证明或道德证明,出示一份行使权力的医疗保证。似乎总统(密特朗)的癌症会传染给整个国家。似乎他不再代表国家,而是代表国家的健康状况。[①] 从前,当权者拥有虚伪、谋杀、野心、贿赂的权利,作为对其象征性牺牲的补偿(责任的分量,死亡的风险)。今天,那是相反的命运:他甚至没有生病的权力。他必须证明他的身体健康,品德完美。愚蠢的要求,这就是我们的民主的概要。人们非常理解密特朗,他在这种羞辱性的"透明"面前拒绝投降——这正是其伪善之处:为什么不转移这些蠢货的视线呢?

依据圣经,世界的年龄是五千年,当时人们知道应该遵循什么。自从跨越了这个极限后,世界的年龄便根据科学数据本身的变化在不断地飘浮。一旦"摆脱"了迷信,世界起源的时间就变得捉摸不定了。而且会变得越来越不确定。圣经的五千年有着无穷的深度(这曾经是"蒙昧时代"[La nuit des

---

① 在法语中,"国家"(Etat)和"状况"(état)词形相同。这里是作者做的文字游戏。

Temps]),一种无法超越的深度——我们的日期,它只能永远地超越自身,处在一种超越世界纪录的尝试中("在很短的时间内",人类种群的历史从三百万年延长到了八百万年)。时间的边际随着对时间本身的定义在物种长夜中的迷失,也在不停地向后退缩。

如果没有图像,那么什么都不会发生。如果收视率低于10%,任何事件都不值得信赖。反之亦然,在10个以上的观众面前,要想质疑某个现实是不可能的事——拒绝是即时的。这就证明,这个著名的现实既属于魔法的范畴,也属于统计学的范畴。

马拉美说:"现实是一种骗人的伎俩——它可以将智力平平的人固定在一个事实的幻影中。但是为了做到这一点,现实必须建立在某种共识的基础上。"(《闲话集》[Gossips])

此外,通过民意测验的途径来检验存在会是很有趣的事,正像我们为了证实上帝存在而刚刚做的测验一样:"你相信现实吗?"测验结果将会四处张贴,在民意镜像中时时给出世界现实的比率(如同在纽约,在告示牌上给出国债的数额)。

真正的贫困处于对生活进行的经济计算中。在对思想的计算中也是同样情况。众多"客观"真理的生产是一种总额为零的累加(人们与一种详尽的计算总是相距甚远)。同样,没有制动的思想累加和文化累加将是我们知识贫困的星座符号。

人们能够同时非常聪明和非常愚蠢,非常有生命力和非常迟钝。正是这种不协调特征的同构(isomorphie),这种"特异气质"(idiosyncrasie),使得人们几乎不可能纠正一种性格。

更有甚之:性格建立在这种基本的对立上——由两种相互矛盾的品质构成的无法破译的星座,而两种品质又只形成一种特征,如同两个矛盾的意义相互混合在同一个精神特征中那样。

在这个意义上,性格就是命运。那些性格结构不矛盾的人,那些在第一层次上感受其心理存在的人,他们是一些无足轻重的生灵,他们至多属于某种"人差方程"(équation personnelle)和某个基础公式的范畴。命运就处于这个基础心理公式的异轨(détournement)中。而两者之间理想的关系应该是这样一种关系,即两者在它们自然性格的矛盾游戏中配合默契。

连体姐妹:既非这个也非那个,既没有区分,也不是没有区分。而如果其中一个疯了呢?如果她们俩生气得要死呢?如果一个睡着了,另一个没睡着,会发生什么呢?当另一个在做梦时,这个又该做什么呢?她们甚至会相互爱上对方吗?

然而说到底,我们都是一些连体式生灵:在我们每个人身上,都是一部分睡着,另一部分醒着,一部分作决定,另一部分服从,一部分渴望,另一部分拒绝,等等。

因为惯性还在奔跑着的物体。

苏联解体后还在轨道上的俄罗斯宇航员。

巴拉德(Ballard)书中的宇航员,已经死去很久并成了永久的卫星。

阿尔弗雷德·雅里书中的西伯利亚十人脚踏车(décuplette),还有那些踩脚踏车的尸体,它们还在继续骑车。

美国环球航空公司的波音飞机,被一枚导弹打成两截,飞机的后半部分还带着它的乘客继续飞行。

圣德尼的主教[1],扛着他被砍下的头颅继续向前走。

平衡杂技演员,站在一根不存在的线上继续向

---

[1] 圣德尼的主教(évêque de Saint-Denis,?—约250),巴黎的第一位主教,公元250年左右,在罗马皇帝对基督教徒的迫害中遇难。传说他抱着自己的头颅行走了6公里,将它交给另一位信徒后才倒下。

前走。

政治机构,经济机构,文化机构,都在虚无中继续着它们的行程,就像一些没有头的鸭子。

在海底——收集环球航空公司波音飞机的残骸碎片,在真空中进行组合:灾难的追踪复原画像,人们永远不会知道灾难的实情。也许有一天,这些残骸可能被树立为"未知事故博物馆"?与此同时,人们从海洋深处打捞出"泰坦尼克号"的船舱。从前的海难,新近的空难,在打捞时间本身的萦绕中,一切再次浮出水面。复活那命定的瞬间,这正是人们所梦想的。沉没的是那命定的瞬间,它成了一艘沉船,被毁的是那正在飞逝的时间。

像梦的图像一样,可能存在一种反常的时间,深层的时间。一个梦想的时间,一个没有梦的时间。该由每个人在时间的长蛇中波动着前进。

奈曼①的一部电影:《记忆能在(依云)水中溶解吗?》。那些从灭绝性集中营中幸存下来的人们,他们怎么会同意来到这里,用最终解决方案的继承者提供的费用进行疗养呢? 享受这种死后的慈善,忍受温泉疗养的阴险的治疗喜剧:淋浴室,隔离箱(caissons d'isolation),碳气室(bains carbongazeux)——整个一个集中营式垂危状态的淋漓尽致的新版本,不是么? 为什么呢? 因为事实上,他们从来就没有从集中营返回过。因为那些幸存下来的人从来就没有原谅过自己能幸存下来,他们永远为自己还活着而感到震惊——他们活着正好是为了每年重新体验一下其原初的场景。

---

① 奈曼(Charles Najman, 1956—),法国导演、演员和编剧。《记忆能在水中溶解吗?》(*La mémoire est-elle soluble dans l'eau*)为其1996年的作品。

人类种群的天赋就在于在享乐中增加了内疚，这是为了增加享乐。通过苦难的景观增加了财富，通过同情增加了苦难，通过愤恨增加了情感。

大约在青少年后期，人们会认为大部分的生灵和事物都没有存在的权利（最美的事物除外）。上了年纪后，人们会进入一个相反的混乱中：一切都有存在的权利——这让世界变得一样难以忍受。

有些女人展示自己的身体，并以华丽的服饰突出自身。另一些女人则揭示自己的身体，同时保留着身体的秘密。还有一些女人只是想着让身体消失，消失在令想象力扫兴的面纱下。

他完全有资格谈论命运，因为通过其命运的不在场，没有一个存在能像他的存在那样闪闪发光。

必须活着才能谈论死亡。

残酷戏剧在纽约。阿尔托只能这么说:不是所有的人都有变得疯狂的机会。沃霍尔也只能这么说:不是所有的人都有成为一台机器的机会。至于我们,那活该。我们在这里。我们就是我们自己。①

失眠的面纱,如同双面煎嫩(*overeasy*)鸡蛋周围的那层白膜,或是章鱼那白纱似的眼皮。

在每个女孩的眼中,当天的微笑。

在老师们的眼中,当月的微笑。

在万圣节时孩子们的眼中,当年的强笑。

---

① 原文为英语:"Here we are. We are what we are."

只有那些被不良意识毒害的人才会神经紧张。而商人呢,他已经在紧张和压力中得到进化,可以随意地进入状态和走出状态,他可以自动再生,而且不积累毒素。他生活在催眠状态下,因此不需要睡眠。他像马匹和鱼儿一样,可以同时醒着和睡着。

所有报纸上都充斥着新闻的狭义理论,根据这个理论,每个事件都被视作单一的事件。但是如果人们将这些事件放到一起,就会看出它们异常的交汇点。对波尔多市政府的袭击,里昂信贷银行的火灾,在罗亚尔港地铁站发生的爆炸①:过于完美的巧合,真是难以置信。不需要任何策略:阴谋是自动的。火灾、"事故"、"袭击"会自动洗白一个成问题

---

① 罗亚尔港(Port-Royal)是巴黎区域快铁(RER)B线的一站,1996年恐怖组织在此制造了爆炸案,造成数人死亡和一百多人受伤。

的局面。这恰好不是什么事故。然而真相只会使事情更加复杂化。真相总是在事发后才能知晓,它本身几乎就是阴谋的一个部分。

恋童癖,失业,疯牛病:今年的三个事件——非事件,反事件,甚至连失业也永远只是慢镜头式的不可抗拒的社会衰退。三者之间唯一有意义的关系,就是它们并非来自政治,也不会回到政治中去。

疯牛病以前已经有其他的病例:伊俄[①]是被宙斯爱上的一头小母牛,她曾经被一只苍蝇叮咬过,而尤其是达那厄[②],她是精神错乱的流放者,她生下

---

① 伊俄(Io),河神的女儿,宙斯爱她,追求她,并得到了她。赫拉对此嫉妒不已。为了防止赫拉报复,宙斯把伊俄变成了一头小母牛。
② 达那厄(Danae),希腊神话中阿尔戈斯国王阿里克西俄斯的女儿,被父亲囚禁,天神宙斯路过此地,为其美貌所震惊,遂化作一阵金雨潜入室内,获得其爱情。

了达那伊得斯一族。达那伊得斯姐妹①们将她们的无底桶装得满满的,但装的不是水,而是鲜血。

虚假的知识化政治阶层的所有痛苦,反过来又会感染一个阴险地政治化了的知识阶层:犬儒主义,原教旨主义,机会主义,恫吓和腐败。

一个法律提案:所有投机分子,若其贪污所得超过一名普通劳动者一生工作的收益,他将被处以极刑。

想要"客观地"谈论死亡,或者世界的贫困,或

---

① 达那伊得斯姐妹(Danaïdes),希腊神话中阿尔戈斯国王达那俄斯(Danaos)的五十个女儿。她们听命于父亲,在新婚之夜杀死了她们的新郎,即其父孪生兄弟的五十个儿子,因而被罚在地狱里永不停息地用无底的水桶打水。

者任何其他事情,这只是一种幻想,因为语言总是比它所谈论的东西更为真实。

首要之事就是要清理精神空间。接着发生的事情,在这虚空中出现的东西,那就不再是你管辖的范围。这是向世界提出的一个问题,而不再是向哲学提出的问题。

写作有什么用?自从被诅咒的部分变成了神奇的汤药,最彻底的分析也只能充当疫苗和轻泻剂。通过重新激活批评,使事实的客观狂热脱离现实。

没有必要重新编造关键的和哲学的评判。人们只能用一种视觉对抗另一种视觉,用一种激进来对抗另一种激进。

道德学家：如果你不相信现实，那么你就是一个伪善者。

狂热分子：如果你不相信现实，那么你就不配存在于世。

民主分子：如果你不相信真理，你就别用真理恶心别人。

在《离开拉斯维加斯》这部电影中，人们可以看到一个金黄色头发的年轻女人，她一边从容地小解，擦拭着下身，一边继续说着话，对她自己所说的和所做的都心不在焉。这个场景可以说毫无意义。但是它毫不掩饰地指出，任何东西都不能逃避现实和虚构的叠化（fondu enchaîné），而且一切都是可以证明的，可以用可供观赏物、现成观赏物、现成享受物来证明。这就是透明：强迫整个现实进入再现的轨道。那种看了白看的东西，那种没有必要看、没有欲望看、看了也没有结果的东西,就是淫秽的东西。它会侵占如此稀少和如此珍贵的表象的空间。

在生物种群的自然选择之后,将是人工生灵的自然选择。每天都有成千上万的网站在互联网上死亡。在活着的生灵世界中已经开始的事情,将在数字假象、基因假象和控制论假象的世界中继续,这些假象注定要大批量地消失,以便为其中的若干假象腾出空间,或者在数字链上给他们的远房后代腾出位子。而我们仅仅处于这个严酷选择的初期阶段。在这个虚拟链上,我们大约处于生物进化顺序中的细菌阶段。

她是海底潜水运动的专家,身处赤道海域的清澈海水中,而我却在精神的深处和隐喻的海水中从事这项体育运动,身处概念的蓝色世界里。在那里也需要一个面具,而且谁都无法保证能再次浮上水面。必须逐步地回来,一级级地回来,回到现实的两栖空间中。每次都必须重新经历水栖种族向坚硬陆地的迁徙。

她并不害怕面对海上和海底的幻景。她的原初场景,她完完全全进入其中。她那美丽的胴体在海浪中翻滚……然而,如果女人们实现了她们的梦想(爱情的,婚礼的,夫妇的,融合的),那么她们还能梦想什么呢?当女人实现自我时,她们怎么去梦想自己呢?在真正靠近野蛮人的地方怎样梦想野性呢?

"男性乌托邦已经终结,女性乌托邦万岁!"然而,女人们从未有过特有的乌托邦——她们就是乌托邦!如果她们能自我实现为女人,那就是实现了的乌托邦。然而实现了的乌托邦是一种危险的和自相矛盾的境地。

你是否注意到,"自由女性"们还是保留了"异化"女性的主要特征,即她们一贯都是迟到者。

你很了解这位女子。她在整座城市里都是出了名的。她身穿绫罗绸缎;她的一身羽毛是天然的。她身材纤细,但很结实,她是特地为你设计的,以便能保留住你最喜欢的幻景的味道和芳香。

巴西人,无论男女,当他们激烈争论时,并不提高嗓音,而是用高音、女低音和调频的虎啸声使声音颤抖。

过了更年期的阿芙洛狄忒①们,在夜幕降临时湿漉漉地浮出海面,被隐约监禁的乳房在海风中摆动着它们临界的质量,而她们那海绵般的臀部被奉献给了贪欲的抛物面镜。

巴西(女)人有一种比我们更加赤裸的方法,因为他们是发自内部的赤裸。而我们所能做的只是脱掉衣服。

在巴伊亚州②饮食中的汤和泥锅中,人们总是觉得能看到熬煮传教士的影子。巴西人的情爱多数属于吃什么和吃人的范畴,它会奉承着你,抚摸你,把你当作一个爱情的猎物。人们似乎总是能在他们的眼中读到这句话:我亲爱的小法国佬,你的

---

① 阿芙洛狄忒(Aphrodite),希腊神话中爱与美的女神,即罗马神话中的维纳斯(Vénus)。
② 巴伊亚州(Bahia),巴西的 26 个州之一,地处东北部。

味道真好!

女人是从男人的想象中出来的。从任何意义上讲都是这样:女人出自男人的想象,她已经摆脱了男人(为了不再回到男人身边?)。女人已经变成了真实的女人,而从前她们只是通过她们的不在场而大放光彩。

影子来自一个物理体对太阳的遮挡,同样,**复体**(Double)来自**主体**对相异性的太阳的遮挡。事不凑巧,我们变成了透明的人,于是便失去了我们的影子——我们变成了半透明的人,因而也失去了我们的复体。或者说这就是已经消失的相异性的光芒之源?

公众这个活着的怪兽,即使它来到这里吞食

你,一边又滑向死人的位置,它仍然是一个活着的死人。相反在电视摄影棚里,你却处在一个虚拟怪兽的眼睛下。这是一个目光的视域,它以一只能触知的眼睛舔舐着你,如同从西洋镜中窥视一样。某次讲座的听众,你可以让他们在黑暗中,在一种可触摸的黑暗中保持着高涨的热情。电视观众使你联想到隔音棚中感官的丧失。如果说对于用言语来满足自己的普通大众来说,你仍然是一个活的欲望对象,那么对于远距离的视频触头而言,你就是一个死的欲望对象。因此,最美丽的报复就是观看一个你曾经拒绝参与的节目。

没有另外的世界。我们就在世界中。这个世界就是另外的世界。因此这个世界不会结束。不会有其他方式的结束。

我们不再处于一种**好**与**坏**的文化中,而是处于一种**最好**的文化中,其镜像中的等同物就是**最坏**的文化。一切事物就是这样,既是越来越好也是越来越坏。

据说老手表总是走得快。迫不及待地要了结自己?

涌向文化事业、社会事业和第三世界的贷款,显然是为了吸纳正在毒害西方经济的过剩资金。那些自认为忠心耿耿的西方人,想通过一些大部分泡汤的项目去帮助那些一无所有的人们,他们只是承担了一种消耗生命的功能,而那些不幸的人们,从本质上讲,都是被迫的接受者,因此也是受害者。因为他们是同一批被剥削者,从前西方人从他们身上榨取剩余价值,今天("老话不提")则让这些人来消化和吸收这些剩余价值。整个民族注定要从事这项自相矛盾的双重工作,即既被榨取剩余价值,又被当作消化酶动员起来,就像化粪池中的细菌一样。

在艺术方面,最有趣的事就是渗入现代观众的海绵式大脑中。因为今日的神秘之处就在这里:就在接收者的脑海里,在当前"艺术品"的奴性神经中枢里。其中的秘密在哪里呢?"创作者"使客体和他们的身体承受的屈辱,观众们根据一种镜像式默契,将其强加给自己和他们自己的精神官能。我曾经称之为"艺术阴谋"。从而在美学方面,对最坏情况的容忍门槛大幅提高。

让我们回到黄道外科研究所(Institute for Astral Surgery),在那里,如果你对自己的星座不满意,你可以(以相当高的价钱)去改变星座符号,就像你对自己的面孔不满意去整容一样。但是如何进行呢? 首先要把患者重新置于出生时星球的位置上，然后从那个位置开始，将其轨道或轨迹稍稍作一点移动。或者从别人（在这个人将死之时）的星座中摘取想要的星座，然后进行移植，完全就像移植某个器官那样。这种手术会出现排异的风险，因此必须研究星象免疫的系数。人们可以考虑建立一个星座数据库。

这项计划可以和自杀汽车旅馆（Motel Suicide）的计划联合起来，在那里，如果你没有勇气自杀的话，你可以让别人"帮"你自杀。如果黄道外科手术没有成功，客户将总是可以自由（免费地）享受自杀汽车旅馆的服务。

一个女人用来诱惑你的符号主要是这样的符号，即她通过这些符号命令你去诱惑她。于是便出现了诱惑者的恐惧，他对此不得不作出回应。这种义务性足以使一个女人变得难以抗拒。在女人方面，她只能回应人们想要诱惑她的这个荣幸。在这一切中绝对不能有欲望和贪欲。诱惑是一种尊敬。

一个不愿将其荣誉点放到诱惑中的男人,就不应该指望他什么。一个不愿将其被诱惑的荣幸放到诱惑中的女人,同样也不该指望她什么。

勒卡特①的周日弥撒。长篇祷告的主题:耶稣和他的门徒们在第伯利亚湖上。耶稣怎么会累倒呢?当时他只需说一句话就能平息翻滚的狂浪。哎呀,我亲爱的兄弟们,那是因为基督集双重本质(人的和神的)于一身,而上帝是三位一体(圣父,圣子,圣灵)的。

在这个非凡的神学开场白之后,尽管信徒们什么也没懂,神父却很快从这个主题转向了其他的评论,当然是更实际的评论,如梵蒂冈的账目、教会的财务、教皇的访问等。对教皇来说,事情就变得更为简单了:一个唯一的人,一个唯一的本质。

---

① 勒卡特(Leucate),法国南部奥德省的一个市镇。

如果生命具有某种意义,那么任何未竟事业便成了一种缺陷,一种错误,一种虚弱。一种无法承受的张力笼罩着我们,只有死亡才能终结这一切。因此,想要赋予生命某种意义的任何努力只会是一项道德沦丧的事业。

然而在今天,极其反常的是,正因为生命不再有意义,所以就必须赋予生命尽可能多的意义。正因为上帝已经死了,才应该为他的荣耀而奋斗。

蚂蚁进行着如此疯狂的活动,它们大概也清楚地知道上帝已经死了。难道是为了避免内部叛乱和烦恼,它们才调整好这样一个无法改变的程序(这和人类种群没有太大的差别)?它们是否养成了一种对于荒谬或者无论什么宗教仪式的信仰,妄想着改变生活及其意义呢?它们是否发明了一个完美的克隆模型,作为人类种群的永久性和解决个人生存问题的唯一保证?神奇的假设,但是如何知道这些呢？让这些蚂蚁去说吧，让它们坦白吧！它们的信息是什么？但是它们仍然到很远的地方，去寻找一些在蚁穴附近已经非常充沛的东西（这一点和人类种群还是没有太大的差别）。

大阪海湾里用于纪念通讯的建筑物。数百吨的花岗岩从罗斯科夫①港运到神圣的淡路岛②，根据祖先的传说，这座岛屿是由众神创造的第一个圣岛。1995年1月17日，第一批花岗岩运到了工地。五天之后，就发生了神户大地震，震中离该地点仅两公里。显而易见，众神并不赞成全球通讯。是否要放弃这个计划呢？那哪儿成啊！人们将在地下建造一间"冥想大厅"，以纪念6000名地震遇难者，在大厅上面，将建造一座纪念性博物馆，作为网络

---

① 罗斯科夫（Roscoff），位于法国布列塔尼大区非尼斯泰尔省（Finistère）的一个市镇。
② 淡路岛（Awaji），日本岛屿，位于兵库县南部，濑户内海的东部，邻近大阪。

空间的入口,在这个网络空间里,全球的所有民族将都可以沐浴在虚拟的现实中。

让我们为众神那更为恐怖的报复而发抖吧。

如果说世界本身在最初就像电影那样是无声的,就像照片那样是不动的,后来却开始说话,接着变成立体的,后来变成三维的,最终成为虚拟的,就像有着相同名称的现实一样——数码的和数字的,也就是说进入第四维度。那里的一切不再是无声的,而是失语的,不再是失音的,而是立体声的,是分形的,却无立体感无深度,是视觉的,却没有图像?实际上世界可能有着和电影相同的命运,而电影可能是世界的缩影和快动作,就像一个生命在昏厥时那样,电影是这整个一生的缩影和快动作。

梦里的形象在醒来时就随之消失,还剩下梦的光晕、气氛、音色、音质,但是没有图像。一段音乐也是如此——它在你的脑海中,你在心里倾听着它,但是不能回想起它的形式。或者对于一张脸,你凭触觉来感觉它的容貌和微笑,但是不能感觉到它的相像处。这种梦的完整倾向(prégnance),这种无图像的记忆恢复,究竟能记录在哪里呢?

唯一神奇的时刻就是第一次接触的时刻,那时物体还没有发觉到我们已经在那里,那时它们还没有按照分析的顺序进行排序。对语言来说也是一样,那时它还没有时间进行指意。或者对于沙漠也一样,那时它的安静还未被打破,并且我们的不在场还没有被消除……但是这一刻只是昙花一现,转瞬即逝。只有不在那里才能看到它。也许只有幽灵才能拥有这份非凡的享乐。

坦然地陈述一些不可思议的事情,利用悖论强迫别人保持沉默,出其不意地使用想象力,这是否就是一种欺骗？那么欺诈的正确用法万岁！

这些演说,这些讲座,这些晚宴,其情景的荒谬性解放了内心的愉悦,烦恼变成了一种痉挛而安静的欢乐,一种被痛苦地抑制在礼节面具后的愉快。

为了保护绵羊免受澳洲犬即那些野狗的威胁,澳大利亚人建造了一道贯穿整个大陆的护栏。把猎物和捕猎者分开,这种行为比生物种群之间的自然暴力更为恶劣。

人们可以想象,将死人和他们的手机一起埋葬,以便能和身处另一个世界的他们进行联系。这个幻想却戏剧性般地成真了:在哥德堡一家唱片馆发生的火灾中,在那些被烧焦的躯体上,还有手机在响。

所有形式的信息都给我们一种受欺骗的感觉。确实如此：人们在"真相"的词语下向我们隐瞒了一切真相。其实也没什么可隐瞒的——没有秘密，没有阴谋，没有真相。而就这一点，人家还瞒着我们，这是一种更为巧妙的欺骗手段。

在古典的想象中，**恶**依然是一种神秘的力量。还有一个梅菲斯特①或一个弗兰肯斯坦，可以用他们来表现**恶**的本原。我们自己的恶是无法想象且没有图像的。不再需要魔鬼来偷走我们的影子。也不用任何力量到我们头顶上去争斗，去争夺我们的灵魂。不再需要资本的淫秽要求来榨取我们的劳动力。我们不再有影子，我们不再有灵魂，而我

---

① 梅菲斯特(Méphisto)，"梅菲斯特费勒斯"(Mephistopheies)的简称，德国有关浮士德的民间故事中的恶魔。

们就是我们自己生活的股东。

在接连发生的事故之间,存在一种动物般的关系。一旦嗅到血腥味,这些事故就会贪婪地赶过来,借助这个磁场,它们一个个迫不及待地轮流发生。你变成了一个吸引事故的地区。这样,刚刚分娩的妇女就尤其"易怀孕"和易受孕。人们低估了这些事件的能力,特别是这些不吉利事件的能力。它们能够再次自行繁殖,但不是通过性的途径,而是通过相邻性,通过"契机式发生"(kairo-genèse)。

在通过不断的殖民化对未开化社会所施行的大屠杀面前,人们忘记这一点,即西方文明曾经首先亲身体验过这样的罪行,曾经以高级秩序的名义在自己身上犯下了同样的屠杀罪行。所有的"现代"民族都诞生于相同的原罪,诞生于对无数的语言和"天真"的文化的相同殖民化,诞生于相同的人种净化。为什么这些民族没有让其他人来偿付他们牺牲的代价——况且这些文化对他们来说更是一种活生生的内疚？已经死去的文化,却从反面充当了怀旧的精神食粮。然而如果没有任何东西似乎应该停止这台灭人机制的运行,那么还存在一个问题：在人类种群的内心深处,究竟有怎样的冲动能够进行着这种谋杀,进行这种无情的自杀行为？

如果你相信上帝,那么上帝就会作为信仰客体而存在,而不再作为超验性要求而存在。一个要求人们信仰他的上帝,他就不值得信仰。

现实也是如此。如果你相信现实,那么他就会作为信仰客体而存在,而不再以"客观"现实而存在。一个要求人们相信它的现实,它就不再值得这个世界信任。

因此,现实(也许)存在着,但是我不相信它。这就像不可知论的视觉：我们没有任何证明上帝存在的证据,也没有证明现实存在的证据。事情就是这样,就是加进迷信的成分也无济于事。

社会秩序教你闭口不言,但是它并没有教会你沉默。

如同从前,人们怀着崇高的感情进行写作,而今天,人们用无意识来制造糟糕的文学。

太多的信息扼杀了信息,太多的意义扼杀了意义,依此类推。但是太多的错误似乎并不扼杀错误。错误可能是唯一一个能躲避物理法则的指数现象——与永恒运动现象相等的一个奇迹。

飞往圣保罗的夜间航班。十二位长眠者躺在

昏暗中，就像在《正午》①中，霍普的人物躺在折叠椅上，面朝着太阳，躺在奢侈的石棺中冲向大西洋。当乘客从经济舱转到公务舱，最后转到头等舱时，随着座椅的逐渐倾斜，身体也在逐步接近死者的横向位置。

布宜诺斯艾利斯清晨六点。五月十八日林荫大道在这个时间是世界上最美的地方，大道上空无一人，就像一条飞机着陆的跑道。信号灯以相同的规律从红灯转到了绿灯，在早晨的世界中，这是人工照明的唯一痕迹。在去机场的路上，薄雾笼罩着草地，在水平的阳光下，广告牌和树冠在晨雾中若隐若现。一切都是这么美，白天应该马上结束。

---

① 《正午》(*Hign Noon*)，美国画家爱德华·霍普 1949 年的作品。不过，作者记忆有误，这里描绘的场景应出现于霍普 1960 年的画作《阳光下的人们》(*People in the Sun*)。

随着喷气飞机的时差的逐步消失,将要入睡的甜美状态,急躁的情绪突然重新出现,世界的神经质,现实世界的矛盾性和无效性——一切都以同心波浮现出来。

任何有关光线震动的分析都永远无法解释对颜色的敏感想象。任何数码光学都永远无法解释拘泥于文字的红色,无法解释处于与蓝色或者绿色具有绝对差别中的红色,就像任何逻辑学都无法解释符号和事物的关系那样,即从红色到单词的"红色"的关系,这和红色一样,完全是无法定义的。

摄影师梦想北极光,变稀薄的大气,那里的物体有着在真空中的准确性。这同样是一种精神的幻想,即想绝对清晰地看到一个想法、一个词、一整个句子的切割,而只需要一个由距离产生的闪光;

一切如同这个世界，它也同样完整地在那里，但处于一种隐秘的维度中，其中只有一些得到现实恩泽的碎片可以从中浮现出来。

如同赘肉和脂肪堆积在一个伤疤周围那样，愚蠢的事件也会在不知所措的人们周围暴风雨般落下。

由于身体受到保护，用不着与**痛苦**作任何严肃的对抗，所以今日的身体开始做生病的游戏。新型的疾病（心身的，自动免疫性的）是对一个不受重视的身体的新型消遣，它不知道该把自己变成什么，所以只能和自己的抗体玩玩。完全和最新科技一样，是一个被拆散的大脑那未出版的消遣模式，它也不知道该把自己变成什么，所以只能和自己的人工复体玩耍。

在 13 世纪,神学家们曾经就最后的审判的前景提出过同样的问题:"我们的理想性或者我们肉体的完整性是否能被复活?"而今日在将人类生灵投射到一种人工的不道德中时,人们也提出了同样的问题:是否应该完整地(就像人类原样)克隆人类生灵,或者以理想的形式克隆它。

不是任何的信仰都能配得上另一个世界。不是任何的生命都配得上一个第二次存在。然而有一些境况,某些未完成的情感,似乎要求在另一个生命中有一个继续和结果。

我们企图自己去做所有的事情。但是最理智的做法是要依赖某种其他的力量。因此,农民耕种土地,赌徒掷他的骰子,野蛮人做他的宗教仪式——让大自然、运气和众神去做剩下的事情。虽然他们从来没有被迫作出应答,但还是应该给他们留下应答的可能性。

在某座城市的墙上,张贴着一位漂亮少年幸福地生活的图像。多么严重的无意识状态!他不知道"在法国,有三万人是艾滋病病毒携带者,而他们自己对此还一无所知"。他不可能逃脱死亡的裁决。如果他没有被艾滋病毒感染,他将至少会被广告和恐惧的病毒所感染。

最新的消息,众多人寿保险公司不再能躲过破产的威胁。因此,必须给你的人寿保险再买一份保险。保险变得和生命一样脆弱。

信息是集体的自相矛盾的梦——是信息自我再生的催眠状态,信息及其集体身份再生的状态,正如人们就个人生活中梦的功能所说的那样。或者说信息取代了深度睡眠的位子,现实生活可能是深度睡眠的矛盾着的清醒状态。

"必须作出选择:真实或是幻觉。没有折中的解决办法。要么都是真实,要么都是幻觉"(萧沆[Cioran])。换句话说:每样东西都是它原来的样子,就这样。或者:从来没有什么东西是它原来的样子,也从来没有过它原来的样子,一切从开始时就变异了。

在这样的交替法中,拟像不再存在。拟像在幻觉和现实中做着游戏——如果必须在这两者之间作出选择,拟像的概念就会消失。它的消失如同灵魂及其概念的消失一样,这似乎就是解决人类和上帝之间关系的想象的解决方法。

实际上,萧沆的两难命题是站不住脚的。幻觉和现实之间的选择是不可能的。恰恰是拟像的游戏让我们可以不选择。因此这不是一个想象的解决办法,拟像的统治是普遍性的。

原始人相信他们的魔力,希腊人相信他们的神灵,而我们则不再相信星象符号和传媒的演说。只有那些从事信仰的专业人士才会相信其他人还相信这个。迷信一直是对学术言论和专家的迷信。

对待愚蠢必须非常小心。通过镜像效应和飞去来器效应,对愚蠢的揭露会立即变成可逆转的揭露。你要是指明了愚蠢,而又不想让愚蠢指明你,这是不可能的事。你指出了愚蠢,又不让智慧到达傲慢的地步,这也是不可能的事。

在靠近智慧的地方,愚蠢会变得更加愚蠢。在愚蠢的边境,智慧变得更加巧妙。它们越接近对方,各自就变得更为激烈(通常是发生在同一个人身上),它们最终会疲惫地融合在一起,陶醉于它们的反面。愚蠢在智慧面前的陶醉。智慧在愚蠢面前的陶醉。

愚蠢的人是那些对邪恶没有任何概念的人(但是他们可能会作恶)。聪明的人是那些知道邪恶的人(但是他们并不作恶)。因此要成为坏人,仅仅聪明是不够的,而仅仅愚蠢也是不够的。

只有那些既知道邪恶又作恶的人才是真正的坏人。

恋童癖难道不是那个儿童拜物教式提升的完成的阶段吗?——它处在将儿童载入人权天穹的直线上,同时也处在将童年流放到无用功能的地狱中。被公认为一个完整的人的儿童,他自然会成为完整的性的对象。女人原本也是这样:她的"解放"伴随着性关系上的无限的可支配性。而对于劳动者:他的"解放"以一种无限的工业奴役为代价。你一旦在法律上得到承认,就成了潜在的受害者。

但是童年是会报复的。从此以后,每个成年人自己也会成为一个潜在的恋童者。而孩子们当然也不会放弃利用这个受害者的境地,就像女人们对待性骚扰所做的那样。一旦孩子们懂得了法律给予他们的巨大力量,需要保护的反而是成年人和父母们,以抵抗孩子们的威胁。

有一个成套成套的长毛绒玩具市场,玩具上装着玻璃假眼。这些成套的玩具价格不菲。然而买主们感兴趣的是它们是否被人玩过——有没有一个孩子曾经抱着它们睡过觉或曾经抚摸过它们。

时间如同超验的数据,简单地说如同老天的馈赠。怎样感谢**时间**的恩惠呢? 怎样还清它的感情账呢? 只有通过重新从事无用的活动,使时间成为我们快乐和事业的同谋,我们和时间才能两清。但是今天,甚至连这个维度也脱离了我们。过去的孤儿在"未来的废墟"(斯图尔泽①)中游荡。严格地说,我们只剩下了已经死亡的时间,只剩下了对曾经有过时间的时间的回忆。

欲望的主体大量繁衍着,而欲望的客体却越来越少。我们身上的客体比主体衰老得更快,早在终止作为欲望的主体之前,我们就终止了作为欲望的客体。然而,被无止境地渴望总比徒劳地渴望要好得多吧?

消失并不是死亡,消失的忧伤并不是丧礼的忧伤。于是,缅怀(saudade)表达的不是对于死者的哀

---

① 斯图尔泽(Yves Stourdzé),法国社会学家,主要研究技术创新。其著作《未来的废墟》(*Les Ruines du futur*)问世于1979年,是最早探讨信息技术社会影响的重要文本之一。

悼,而是对于消失者的怀念,抱着(如同对于塞巴斯蒂昂①和第五帝国②)复活的一线希望。在获知她们再也见不到自己的儿子后,布宜诺斯艾利斯五月广场上疯狂的母亲们③所乞求的就是他们死亡的证据,以便摆脱由他们的消失引起的焦虑。

在不被别人看到的情况下看东西是平庸的幻觉——这就是窥视者的命运。在看不到东西的情况下被别人看到则更为别致——这是偶像的命运。在无偿的情况下截获别人的目光。很多女人善于这么做——无动于衷地经过,从四面八方都能看见

---

① 即塞巴斯蒂昂一世(Dom Sebastião Ⅰ,1554—1578),葡萄牙第十六位国王,战死于对摩洛哥的"三王战役"中。由于他的尸体一直未被发现,传说他只是失踪了,可能会在任何危难时刻返回以拯救葡萄牙。
② "第五帝国"(Le Cinquième Empire,葡萄牙语为 Quinto Império),在安东尼奥·维埃拉(António Vieira)等葡萄牙耶稣会教士预言的基础上发展出的带有神秘色彩的概念,主张一个在精神和物质上全盛的全球扩张的葡萄牙帝国。
③ 五月广场上疯狂的母亲们(Les Folles de Mai de Buenos Aires):1977 年 4 月 30 日,十四个母亲出现在布宜诺斯艾利斯五月广场那座玫瑰色的宫殿前面,要求阿根廷独裁政府对她们儿女的失踪作出解释,后成为一项定期的活动。

她们,但是她们既看不见任何东西,也不知道她们已经被别人看见。有些人在不被爱的情况下去爱别人——就如同在不被别人看到的情况下去看别人。另一些人则想着被别人爱,而反过来又不爱别人——这就如同被别人看到又看不到别人。

完美的罪犯就是那个声称对罪行负责但又没有犯罪的人。他将自己的无辜隐藏在罪行的面具后。完美的罪犯揭露起来要困难得多。

不存在贫穷和富有。只有富有的贫困定义——就经济和计算而言。不幸的是,全世界的穷人都追随着这个定义,这就使得他们成了第二层次上的穷人。

在一个幽灵身份的世界里,一切都可以用来投胎转世——穿刺,烙印,明理和兽性,紧张,压力,伤痕和粪便。血液的流出,意义的流出。啊!这一切仅仅是十字架虚构(cruci-fiction)的耶稣受难像。苦难和理智都一样造作。在无器官欲望的名义下,所有这些被牺牲的、被扰乱的、被折磨的身体不过是对遗失身份的再次书写:这是我的身体,这是我的血液。但是谁在说话?这用什么来交换?没有任何交换物。这些都是牺牲给牺牲的想法的身体。奥兰①,斯泰拉克②之流——牺牲的模特。

所有这些身体艺术、身体变异、身体变化的心理剧作家(在等待生物工程[biurgie]和基因组美容外科医生的过程中)都是一些内向性的人:他们将自己的身体竖立在自恋的领地上,并且热衷于耗尽身体的可能性,除了这张感人而又可笑的清单之外,再也没有其他的计划。这是"灵薄狱之脐"③。

---

① 奥兰(Orlan,1947—),法国女性行为艺术家,以其大胆的人体艺术作品而闻名。
② 斯泰拉克(Stellarc,1946—),澳大利亚人体艺术家(原文作Stellark,应是拼写错误)。
③ "灵薄狱之脐"(l'ombilic des limbes),语出法国戏剧家安托南·阿尔托1925年的同名诗集。

卡夫卡小说中的禁食冠军,在征用自己的身体时显得更加谨慎和勇敢。他就像一条在集市上表演的狗,在受到热烈鼓掌后被人丢弃,但他仍然没有停止禁食,直至死亡。

展览,人们去那里不是为了去看它,而是为了去过那里而去那里。一些遥远的地方,人们去访问不是为了去看它们,而是为了看过那里而去看那里。很多的事情,人们去做只是为了做过它们而去做。很多的事业不是为了力求达到其目标,而是为了摆脱他们的结局。我们做成了![①]

活着,是保留着死的可能性。如果反过来说就无法成立了。因此,还是活着比死了更好。

---

① 原文为英语:"We did it!"

如何信任那些到 2000 年还不会更新电脑的人？如何信任那些甚至不知道自动进入下一个世纪的机器呢？真正的世纪末的千年虫，就是在精神上把计数器重新归零（00）的不可能性，就是在精神上真正进入新纪元的不可能性。计算机的不情愿仅仅是它的技术表达形式。

前两次世界大战符合战争的传统形象。第一次世界大战终结了欧洲和殖民纪元的霸权。第二次世界大战终结了纳粹主义。第三次世界大战，它实际上已经爆发过，它以冷战和威慑的形式，终结了共产主义。从一场战争到另一场战争，人们总是向唯一的世界秩序迈进一步。今天这个秩序，它已经以虚拟的方式到达了它的终点，但它又陷入了四面八方各种敌对力量的包围，这些敌对力量散播在世界的中心，处在所有的现实动乱中。所有细胞的分形战争，所有特性的分形战争，这些细胞和特性以抗体的形式进行反抗。这种对抗常常难以捉摸,必须时不时地通过上演壮观的场面来拯救战争的概念,海湾战争的场面就是这样。

不过第四次世界大战在别的地方。它是唯一一场真正的世界性战争,因为它的赌注就是全球化本身。而它的结局将是**世界秩序**的灾难,是普遍价值的全面灾难。

三四十年后,再次看到我出生的城市。对地点、名称、境况的记忆是那种幻觉般地精确。是那种细枝末节的再现。一切都是不朽的,一切都被记载在脑回(circonvolutions cérébrales)中。而同时,这又是任何真实情感的不在场。人们在自己童年生活的地方默哀,与在自己的坟墓前默哀一样神情漠然。

福山①关于欧洲知识分子的伪善的讲话是很有道理的。这些知识分子一边坚持尼采、巴塔耶、萨德或阿尔托的精神,一边又赞成一种民主的道德,而这种道德又完全否定他们分析的激进性。在这些伟大的非道德主义者中,没有一个人会在现今传阅签名的请愿书上签字。

有用的东西一定是对某样东西有用。但是无用的东西——对什么无用呢?不对什么无用。但是在没有什么和有什么之间——哪一个的功能更有用呢?

将理论带到享受天宠(état de grâce)的状态,在没有成为一种伪善(在与真相的关系中)的情况下,

---

① 福山(Francis Fukuyama, 1952—),著名日裔美籍学者。代表作有《历史的终结及最后之人》。

它可以被看作一个计谋(在与世界的关系中)。

当没有什么与**没有什么**进行交换时,在**没有什么**的普通等同物的符号下,这是政治经济学的最高阶段。

数字**一**是没有意义的。这是一个抽象的和无法理解的实体。一件东西什么都不是。唯一的生灵什么人也不是。

一个东西就是没有东西。一个人就是没有人。[①]

现代女性面临着一个奇怪的两难命题:权力还是魅力。难道她就不能同时拥有这两者吗?但是,她又为什么能享有这份特权?男人早在女性之前,

---

① 原文为德语:"Eins ist Keins. Einer ist Keiner."

就已经为"男性"统治的法则付出了代价。男人是第一个将魅力牺牲在权力祭台上的人,同时牺牲的还有许多其他的品质——女性在走着男人的老路,她也正在失去这些品质。

炎热是一间黑色的房间,在这个房间里,身体享用着其细胞的轻度垂死状态。

一位朋友去世了。朋友的去世日后将自行证明:他的死亡使世界变得更难生活,因此他在这个世界上的不在场便不再那么痛苦。死亡使世界变异,使这个世界本身不再有其位置。其他人则在一个不再属于他们的世界中存活下来——有些人会在他愿意的时候悄然消失。他们的死是一个妙语:死亡使得世界更加神秘,比他们生前的世界更令人费解——这就是思想的真正任务。

列维-斯特劳斯①,他是不朽的。他在其学术不朽的深处等待着无文字社会的回归。他也许不再需要等待多久了。因为即将到来的这个社会,是文盲的和计算机化的社会,这个社会也将没有文字。这是我们将来的原始社会。

不是我们衰老,而是时间在衰老。时间甚至比我们衰老得更快。它知道这一点吗？但是它似乎急着要结束。无论怎样,我们将会无限年轻地死去。

停止把我们的行动归咎于某些客观原因,这就等于说发生在我们身上的事情和我们毫不相

---

① 列维-斯特劳斯(Claude Levi-Strauss,1908—2009),法国人类学家,结构主义人类学的代表人物之一。代表作有《结构人类学》《神话学》《野性思维》等。

干——这真让人丢脸。那就接受这样一个假设,即我们的不幸来自我们身上特有的恶性天赋。让我们与我们的邪恶相称,让我们与我们对邪恶的癖好相称,让我们置身于我们那悲剧的愚蠢性高度上。

"上帝是不存在的"这句话并不意味着上帝不存在,而是说上帝的存在对于事物的进程没有决定性的影响。根据同样的说法,政治阶级也可以说成是不存在的。这就意味着它的无用性本身对于我们生活的进程并没有明显的影响。

人类种群的大脑发育是否与最初的原罪有关呢(尚热[①])?奠定人类能力的指数发展的行为,这就是最初的原罪。建立相异性的行为,这就是对同

[①] 尚热(Jean-Pierre Changeux, 1936—),法国著名神经生物学家,著有《神经细胞人》(*L'Homme Neuronal*)等。

类的谋杀。

在发明信息的持续光线的同时,即在发明原始光线的竞争对手时,我们实际上在梦想着重新创造大爆炸的条件。这种大爆炸就是对我们现今技术的抛掷,是这些技术最终分裂的秘密幻觉的喷射。我们之所以要造就一个无法超越的过去的事件,正是因为我们梦想着要重现这个事件。初始点,就是终结点。①

我们从重力中获得一种能量,它至少与太阳辐射的能量相当。有机生物与它的重心连在一起,如同和地心相连着一样,我们在我们所有的运动中所做的事,就是表演这个身体的永恒坠落。事物的延伸就是来自时间的惯性,如果没有这一点,事物将

---

① 原文为西班牙语:"Punto primal, punto final."

会晕厥在实时中。不幸的是,消除重力正是科学的幻觉之一。有一天,技术将不可避免地把我们从身体的自然法则中"解放"出来——走向一个虚拟身体的崭新的物理学。在轨道舱的未来居所中,甚至将不再有直立的姿势。那么那时人类的智慧又将会怎样呢?

脚踏车一般来说属于啪嗒学的范畴(它总让人想起雅里)。然而最美丽的难寻觅之物依然是双座脚踏车——它不可避免地唤起这样的图像,即两个骑车手,背对背或面对面坐着,朝着相反的方向疯狂地踩着踏板,以一种疯狂的姿势来稳定车身。

本乡人中无先知[①]。那些生活在流亡中的人先

---

① "本乡人中无先知"(Nul n'est prophète dans son pays),指有才能的人在家乡不受重视,倒是"远来的和尚好念经"。

知会更少,而那些生活在内心流亡的符号下的人则更无先知。

成为一面镜子,但这是一面没有锡汞齐的镜子:站在他自己的人物的屏幕后面去看他人。

"……毕加索这尊荒唐的雕像,这些金属的枝茎和叶子,既没有翅膀,也没有胜利,仅仅是一种证明、一种遗物而已——艺术作品的意念,别无他物。十分类似于其他的意念,类似于我们的存在从中吸取灵感的遗迹——不再有苹果,而只有意念,只有果树栽培专家对过去曾经是苹果的东西进行的重新组合物;不再有冰淇淋,只有意念,对于某种美味的东西的回忆,它将由一些替代品制成,由淀粉、葡萄糖和一些其他的化学产品制成;不再有性,而只有意念,或是对性的追忆——对于爱情、信仰、思想和其余的……都一样。"(索尔·贝娄)

欢迎 E.O.[①]进入法兰西学术院的晚宴。所有他的女人都到场了。我曾经有过同样的想法,不过是以死后的名义:看着你生命中的所有女人从你的棺材前默默走过。这确实是最美丽的庆祝仪式,但是只能以死后的名义。E.O.非常明白这一点,被选进法兰西学术院就等同于第一流的葬礼。

写作是平庸的

旅行又太普通

说话是猥亵的

思考又太容易

而做爱已经成为过去

只剩下写出记忆符号的可能性,除了有意识的

---

① E.O.,即埃里克·奥塞纳(Erik Orsenna,1947—),法国著名畅销书作家,法兰西学术院院士。代表作有《如同在洛桑生活》(*La vie comme à Lausanne*)、《殖民地的展览》(*L'Exposition coloniale*)等。

记忆缺失外,还是可以将符号记录到现今人们那无意义的话语中,记录在忧郁的形象和美术的形象中。在这些形象中,超级学问(hypersavoir)将融合到"为虚空而生存的生灵"(l'être-pour-le-vide)中——区分性再现。这种再现本身就可以独自归纳出对概念的假设进行指意的工作,并且与死后恩宠的完美紧密相邻,说得极端一些,与绝对的虚空和概念的冰冷形象紧密相邻。

就像狗一样,对过往汽车表现得无动于衷,却对任何的行人反应激烈,海鸥不会因呼啸而过的喷气式飞机而倍感激动,但是只要任何人在沿海区域出现,便会引起一大片刺耳的鸣叫声。事实上,它们害怕的只有人类,它们所怨恨的也只有人类。人类则没有这种区别:所有种类的东西都可以侵犯人类,人类也只是为了对抗自己的同类而动员起来。

只有在海风吹拂的日子,在雾气潮湿的日子,人们才能期待着看到汉尼拔①的大象兵在羊圈前经过,从西班牙沿着多米提亚大道②溯北而上,直达罗马去消灭这个城市。

书刊审查可以掩盖一本书或一部作品的无意义性。艺术的很大一部分就这样在这种检查的担保下,在镇压或者模拟的挑衅下流传四方,这种担保、镇压和挑衅充当着艺术的外交邮袋和骗人的广告。而如今,艺术的这个诅咒已经被解除,它便显得完全毫无价值。

---

① 汉尼拔(Hannibal Barca,公元前247—前183),北非古国迦太基著名军事家,曾在战役中使用大象兵。
② 公元前123年,今天法国南部朗格多克地区成为古罗马的殖民地。征服该地的关键人物,执行官多米提乌斯(Domitius)修建了一条以自己名字命名的大道,即多米提亚大道(Voie Domitienne)。直到今天,这条连接意大利和西班牙的东西轴线仍然是该地区交通和生活的枢纽。

艺术杰作因其神圣的墨守成规而令我们厌倦。比起这些杰作,人们最终还是更喜欢可相互替换的二流艺术家,他们在手艺和细致方面都是完美无缺的,人们更喜欢几乎仪式化的和装饰性的艺术,如数不清的佛拉芒风景画,19世纪的肖像画,错视画和中国版画。一旦历史的骄傲之风过去,似乎作品中的神秘感就是晦涩作品中的神秘感,而这种作品大都失传了。

在一次信徒集会上,信徒们尚不具备牺牲精神,于是神父告诫道:"要像耶稣那样,虽然受苦,受难,但他复活了!"信徒们要复活干什么呢?他们连赋予自己的生命怎样的意义都不知道。神父接着说了一个巧妙的寓言:耶稣命令使徒们不要揭露出他是弥赛亚的真相。他说,因为犹太人期待救世主的只有一件事情,那就是让他们的母鸡一天下十次蛋(这完全是堂区教民们所想的)。随后他还痛斥萨赫勒①（他曾经生活过的地方）的白人们，说在一次饥荒的时候，这些白人独占着食物，并且把吃剩的食物扔给萨赫勒人（在这些信徒中间，谁不会做同样的事情呢?）。

最后，为了让信徒们对不幸的命运有所反应，神父又讲述了邻村一个年轻人的故事：这个年轻人的母亲和兄弟在一起交通事故中丧生，他的父亲死于操作猎枪，而他本人则在 33 岁时自杀身亡——这个故事显然超出了信徒们同情的能力范围。但是能感觉得出，所有在场的人听了上半句就明白了整个事情，而且不是没有自己的想法。

此外，那里还有一些奇怪的堂区教民。这位穿着红裙子的年轻女人，黑黑的头发剪得短短的——肯定是个通奸的尤物。还有那位年轻的处女，她斜靠在她父亲的身上，而父亲似乎对她过于温柔——母亲则在祈祷，为宽恕自己的过分宽容而祈祷。那

---

① 萨赫勒(Sahel)，非洲南部撒哈拉大沙漠和中部苏丹草原之间一条半干旱地带，从西部的大西洋一直延伸至东部的红海，横跨整个非洲大陆，长达 3000 多公里。

位颈项纤细的少女，一副木讷无知的神情，略微有些激动，勉强从她的嘴角轻轻挤出几句信经。

所有的心灵深处都在那里，就在这座教堂的长凳上。所有的人都热爱他们的神父，并且过着他们想要的生活。

盐田里的血红颜色，在一个阳光普照的下午，一下变成了雪地里的白色，上面还带有玫瑰色的条纹。盐田的几何式分割，给远在地平线上的炼油厂增加了一个完全不真实的维度，远处的盐塘里停泊着大型油轮，上面斜向忙碌着卡车和挖掘机的挖斗。这种红里泛白的盐水，给人一种死水溶液的印象，或一种经血的印象。目光自身在水面上滑行时也自动液化，而身体则在凝视其自身流体的过程中自行迷失。人们似乎正在重新体验从前那种原始的结晶过程，然后通过胚胎输送，再次经历鲜血的出现，看着血液、生活、胚胎液出现在一种既是化学的又是母体的溶液中。

天空是鲜艳的蓝色。远处,大海是碧绿带灰的。只是缺少黑色。自然界中只有影子是黑色的,而在这里,在盐田里,不存在影子。

奥威尔[①]:"冲突已经具有足够的真实原因,以便不再增加这些原因,否则会鼓励年轻人用脚踢正在咆哮中的狂怒观众的胫骨。"但是事情正是这样:体育运动的暴力不属于真实的冲突,它通过对想象暴力的分流来消除真实的冲突。然而就是因为足球和世界杯,体育偷走了属于政治的民族凝聚力,整个政治进入了体育运动场——如同拜占庭帝国的命运进入了赛马场的赛马中那样。这是给权力上的很好的一课,权力只会感到非常幸运,它让足球承担了愚弄大众的恶魔般的责任。

---

① 奥威尔(George Orwell, 1903—1950),英国著名作家、新闻记者和社会评论家。代表作有《1984年》《动物庄园》等。

女权主义者在最不起眼的诱惑欲望中看到了一种暴力行为。另一些人则认为口交不是性行为(克林顿)。这两种版本都是同样的荒谬。然而从这两个版本中让人隐约看到的东西,对我们受过惊吓的感觉来说,就是所有的符号都变成了骚扰行为,而对我们极度衰弱的道德而言,所有行为将具有越来越少的意义。

完美的利己主义是很少见的。强权的意志也是很少见的。施蒂纳[①]和尼采的迫切要求几乎是很难达到的。甚至连保留的本能也是一种空想。关于人类自私本质的理论只是在"经济"层面上有其价值(有时连这上面也难说),但是对于剩下的东西,在自我和他人之间的区别是不存在的。我们用对待我们自己的同样的犬儒主义、同样的温柔、同

[①] 施蒂纳(Max Stirner,1806—1856),德国哲学家,无政府主义者,代表作有《唯一者及其所有物》等。

样的诱惑和排斥的形式、同样的毁灭和占有的形式来对待其他人——总之是同样的利他利己主义（alterégoïsme）。个人以完全同样的快乐程度伤害自己和伤害他人。在这个意义上，个人是没有偏见的。人类种群本身，就其总体而言，由于自己给自己施加的技术虐待和奴役，它在同一面旗帜下对待自己，既没有特权也没有有利于自己的偏见，就像在同一面旗帜下对待印第安人或牲畜那样。人类也许正以迂回的方法制定了同样的灭绝计划，人类将慢慢地、稳步地将所有其他的物种奉献给这个灭绝计划。

有一种原理说在一个虚弱的身体内，病毒的毒力将减少。根据这个原理，那么就健康而言，施行放血疗法和饮食疗法也许就不是件坏事——就道德而言，它不会比苦行和禁欲行为更加有害。

当性功能灯闪烁时,就像哈尔①的生命功能指示器的闪烁,即 2001 年的计算机——或者像克拉克②的书中的星星,它们在一颗颗地熄灭。欲望变得非常苍白,就像清晨的月亮那样。

把苦难和暴力变成广告的主题,就像托斯卡尼③所做的,使艾滋病和性、战争和死亡重返时尚,有什么不可以呢?广告中对幸福的看法不乏其淫秽的成分。但必须符合一个条件:要展示广告本身的暴力,展示时尚的暴力,展示媒介的暴力。广告制作者在这方面是极其无能的。然而社交本身、明星的嘴脸及水下舞蹈都是一种死亡的表演。世界的苦难完全可以在模特的曲线和面孔上读到,也可以在一个非洲人骨瘦如柴的身体上读到。如果人

---

① 哈尔(Hal),电影《2001:太空漫游》中人工智能计算机的名字。
② 即阿瑟·克拉克(Arthur C. Clarke,1917—2008),英国著名科幻作家。
③ 托斯卡尼(Oliviero Toscani,1942—),意大利摄影师。20 世纪 90 年代,他为贝纳通公司拍摄的一系列广告作品引起各界的强烈反应与非议。

们会看的话,同样的残酷处处可见。

罪犯身上最令人害怕的东西,就是他想承认罪行的欲望。为使罪行得以完美,它必须消失在凶手的意识本身中,要借助一种与幻觉相差无几的精神净化,而通过这种幻觉,其他人会自动承认他们并没有犯过的罪行。

这些都是极端的案例。但是在每个人意识的深处,所存在的客观真相并不比事件中的要多——这些事件消失在叙事和记忆的曲折中。例如,我们看到在加利福尼亚的辛普森诉讼案[①]和奥马尔[②]诉讼案中("奥马尔杀了我"),随着预审的进行,人们已经看到真相自行进入了一种第二状态。行凶的

---

① 辛普森诉讼案:1994 年,前美式橄榄球运动员辛普森(O. J. Simpson)涉嫌杀害其前妻,此案成为当时美国最为轰动的事件。

② 奥马尔(Omar Raddad),法籍摩洛哥人,曾为法国小城穆然(Mougins)一位富有的寡妇马沙尔夫人(Ghislaine Marchal)的花匠。1991 年 6 月,马沙尔夫人被人杀死。临死前,她在门上写了"奥马尔杀了我"几个字,警察除此之外并没有发现任何不利于奥马尔的证据。1994 年,奥马尔被判处 18 年徒刑,但他一直否认自己是杀人凶手。1998 年 9 月,奥马尔获希拉克总统特赦而被释放。

时间和诉讼的时间不再吻合,行为的清晰意识消失了。可能奥马尔和辛普森都不再真正知道他们是否是案件的凶手。就这一点,没有任何一台测谎仪能够测出他们在说谎。

现实如同美国式的夜晚——人们大白天在那里拍摄夜晚的场景——或是我们在另一个维度中可能完成的动作效果,就像这个因突然的动作而打翻了的瓶子,这个动作却仅仅是一个梦里的动作。

理论和心理的风景像一张驴皮越缩越小,而与此不同的是,世界和表象的风景则不断多样化。在思想的世界中很难感到意外,而通过形式的永恒游戏则很难不感到意外。

吸血鬼的实体,如同灵媒外质的和邪恶生灵的实体,它是如此的轻盈,以至于无法使胶片感光。如同这个男人,他大概要两次经过同一个地方才能投下一个影子。

"如果没有激情,灵魂就没有理由继续附于身体片刻。"(笛卡尔)

各种批评谴责内塔尼亚胡[①],说到底,是因为他使以色列失去了威信,并且使其道德权威处于崩溃的境地,而道德权威是国家权力的最后保证。对巴勒斯坦人的压迫和他们所受的精神苦难没有受到人们的关注。(这完全就像人们并不谴责他们那样,即不谴责他们通过其自身的存在,成为以色列政治和道德衰败的元凶。)审判官们在对政治家进行控诉时,同样也是模棱两可的:他们揭露政治家

[①] 内塔尼亚胡(Benyamin Netanyahou,1949—),以色列总理。

只是为了恢复统治的道德基础,而正是统治者自己将其统治推向了危险的境地。

曾经在血液感染事件中起决定性作用的东西,那就是偏见。根据这种偏见,一位自愿捐献者必定具有无可非议的道德观,因此不能当作死亡事件的嫌疑人,即使在不知情的情况下也是如此。

中学生要求更多的学校,更多的拨款,更多的师资,更多的安全。21世纪的要求。学校结束了——人们能对它所做的一切,就是把它转变为一个巨大的**网吧**。在他们自己的脑袋中,他们早已进入了多媒体时代和21世纪。这就是他们在其不逊言行中表现出来的想法,其中包括打砸抢分子的错时的暴力行为。

我们将用一种自动消除法来回应连续不断的请求。首先是专有名词,接着是标题、数字、表达式,随后甚至是面孔和历史,然后在最不得已的情况下,是某人自己的名字和密码号,就像人们在刚醒时便忘了梦,或者像一盘磁带在实时中自动销毁。由于不断漂洗真实生活的胶片,人们也洗白了精神生活的胶片。胶片上不再有任何东西。记忆的种族清洗。

一般说来,法律和被它所取代的禁忌是一样的愚蠢。但是最糟糕的就是法律会将自然而然的情况合法化:对水的权利,对空气的权利,而对孩子们来说,是拥有父母的权利。这种对权利的承认制造了最为可笑的矛盾——于是这位死刑犯,即生存权联盟想要努力赦免的囚犯,他自己则要求去死,根据的是他拥有死亡的权利。

此外,对于"生存权"该说些什么呢? 他也只能说它想说的东西:生命已经丧失了其事实的明了性。

因此法律就像一种驱魔法,如同已经丢失的品质所做的绝望祈求。这样,人们不久后无疑会看到,在愚蠢的广阔天地面前,将出现一种"智慧权"。

污染的国际许可证:每个国家都有它的二氧化碳的合法排放定额,污染多的国家可以向无污染的国家购买污染定额吗? 这样,美国通过购买俄国的"污染信贷",资助俄国的经济振兴,使俄国经济以更大的程度重新污染环境。人们甚至可以想象一个黑市交易,在那里,无污染国家像出售任何原材料一样,以全球官方价格非法出售他们的碳氧化物配额。对债务来说,对偿还债务和债务上市来说都是同样的场景。市场对其商品的本质绝对是不闻不问的,这一点永远会让人们惊叹不已。甚至连碳氧化物从今以后也将会自己进行贸易洽谈并自由交易。

克林顿事件的必然后果——平庸化的性欲成了儿童式触摸的黄昏关系——是非政治性的。这个后果是跨政治的,而且是对整个世界的嘲讽。首先是对他自己的嘲讽:他如何能承受住这样一种滑稽? 但也是对整个文化的嘲讽,这种文化居然能制造出这样一种景观。不仅仅是美国的文化,而且也是全球的文化——最终将是一个被滑稽和嘲讽全球化了的地球。任何一种其他的文化都不会承受这等程度的堕落,它无论如何都会采用某种纠正的暴力机制。这个轻喜剧的场景并未引起普遍的厌恶,这个事实表明,对最恶劣事物的容忍度已经有了很大的提高。

我们暂且不谈论"动物的权利",或梦想众多物种的文化多元性,先让我们回想一下,动物是一些神灵,它们过去作为神灵被牺牲,它们那时还被设想为在力量和美丽方面都很高级,而且它们曾经和我们和睦相处——也就是说我们的祖先和睦相处,而且在生物变形的循环中是那么默契,而不像我们那些庸俗的前辈,仅仅位于进化谱系上(人们为自己是它们的后裔而对其致以崇高的敬意,然而它们并没有指望过这么多)。人们并不因为与它们相像而陷入绝望,相反人们戴上了动物面具(兽性,直到拉斯科岩洞的形象中,它是一个面具,我们所有的面具都是兽性的面具),因为它们曾经是我们向非人类转变的鲜活记忆——人们尊敬它们,直至尊敬它们的沉默,而这种沉默也是我们经历原始寂静的鲜活记忆。

人们一边终结着千万年来人类与水、淤泥、植物和灰尘的混杂状态,一边掩埋着土地,掩埋我们的底座,将它掩埋在巨大的沥青和水泥裹尸布下,完全如同把人与人之间的邻近关系掩埋于信息和交际的裹尸布下。

这里有如此多的幸福符号(在巴西),还有如此多的不幸符号。它们通常都是同样的符号,人们正在学会不再区分它们。

伊塔玛拉蒂宫①。里约热内卢的所有上等人在热带龙卷风的吹拂下,围坐在一座配得上卡拉卡拉②皇帝的宫殿里——柱廊的圆柱与荧光般的棕榈树竞相辉映,与暴雨中湖心里漠然的天鹅争奇斗艳。杀童天使的翻版。国际图书双年展上数以万计的来宾,他们都具有一种少有的优雅,分坐在各个宽敞的大厅中。最后一批女士穿着湿淋淋的连衣裙来到这里。似乎就像龙卷风故意袭击了宫殿——城市的其他街区都幸免于难。这是否就是上帝对破坏活动的一种审判呢?有人出于文化的

---

① 伊塔玛拉蒂宫(Palais Itamaraty,原文误作 Itamarati),位于巴西的里约热内卢市,巴西外交部所在地。
② 卡拉卡拉(Caracalla,188—217),古罗马皇帝。

目的,对权力的圣地进行着肆意的破坏。

挪威。在寂静和寒冷中,视觉场往下凹陷,而声音则相反,它有一种幻觉性的靠近感。一种初始本质的怀旧,一种无图像深度的怀旧,没有一个一望无际的符号。很快就变得难以承受:我们就处在人工物和表象物中,就像鱼儿处在水中那样。

一等舱乘客专用的奥西里斯休息室(这种做法有某种幽默感,即把乘客的豪华休息室以埃及神灵的名字来命名,这个神灵正好主司死人的审判,这些死者的身体在复活前曾经被肢解)。香槟,寂静,距离——死亡的前厅。所有死者彼此间尽可能地保持距离,如同死人的灵魂游荡在斯底克斯冥河的彼岸,既不相遇也不相见。然而,那里笼罩着一种与移动电话相连的国际皮条客的气氛。

但是，我们对于死者的空间关系学①和他们的社会行为又了解些什么呢？他们仅仅拥有一个空间么？难道我们不是已经和富人及其豪华空间一起，处于一种感官隔离的丧礼场中吗？而那些穷人，他们似乎对于与同类的接近不怎么敏感，他们尚且能逃离这个丧礼场。

人们怎么能梦想一场发生在海拔 10000 米的地震呢？人们怎么能如此精确地梦想一场他们从未真正体验过的灾难中的意外情况呢？

人们怎么能在梦中以占卜式的直觉，去经历和让人经历另一个人的行为、言语和表达——比他自己更好地在现实中扮演他的角色呢？

---

① 空间关系学(proxémique)，研究人与人在不同社会环境、不同社会团体或文化群落中对空间的需要、对周围空间的感觉及空间的意义等的一门学科。

人们赞赏那些人道主义活动的英雄:幸好有他们在那儿为人类保全体面! 你揭露这种悲惨现象——人们也会赞赏:幸好有你在那儿把话说出来! 通常都是那些相同的人在赞赏。诽谤者,求道者,改宗者,追随者,所有人都拿起武器!

不负责任被看作一种自然的倾向,负责任被看作一种有意识的行为。而实际上不是这么回事。负责任——即简单地回应的行为——是一种条件反射的行为。当责任成为一种有意识的规则时,它就变得难以忍受了。因此它应该得到补偿,由一种同样至关重要的不回应能力去补偿。存在一种与责任的义务等同的不负责任的义务,尤其是在当下的时间中,我们处于永无休止地被测试、被要求和被骚扰的状态。不负责任如同任何命令下的慈善行为,它是从自身开始的。应该学会不去回应那些与你无关的事情,包括我们自己生活中的事情。在与我们有关的事情和与我们无关的事情之间有一种斯多葛式的区别,这仍然是一种哲学道德的起始与终点。

　　这个男人带着移动电话跨过了展览会的门槛。电话响了。他走遍整个展览会却没看上一眼,他被缠绕在内耳里。他说着话,并看着你,好像你就在电话线的另一头。他看着某人,却不和他说话。他和一个他看不到的人说话。无线电话的没有目的的目的性。

　　思想不是一个时间的事务,也不是一个积累的事务。把水温提高到 80 度,并且数小时地持续这个温度,这不顶什么用。水不会进入沸腾状态,而只会是蒸发。

　　保持被动状态,不就是把主动权留给自我的另一面么？纳博科夫说："他以一种灼热的……和相互的爱情热爱着自己。"斯坦尼斯瓦夫·莱茨①则说："他非常爱自己，但这是一种不可分享的爱情。"

"有风度的人们让平庸之辈去思考问题，去错误地思考问题"（克雷比永②）。今天平庸之辈占据的正是这种相同的贵族地位，平庸者让政治家们去操心怎样治理我们，怎样糟糕地治理我们。平庸的人颠倒了现在的局势。

对外传授的机器——对内秘传的机器。

有人说计算机是一台经过改良的打字机。根本不是这样。我与打字机有着一种默契的关系，是

---

① 斯坦尼斯瓦夫·莱茨(Stanisław Lec, 1909—1966)，波兰诗人和格言家。
② 此处指小克雷比永(Crébillon fils, 1707—1777)，法国戏剧家及小说家。

一种清晰的而且保持一定距离的关系。我知道它是一台机器,它也知道它是一台机器。它与现在这种接口毫无关系,这种接口与生物性混淆相去不远,一台计算机自认为是一个大脑,而我则把自己当作一台计算机。

对那古老的电视机也有这种似曾相识的感觉,在电视机面前,我是而且继续是它的观众——它是对外传授的机器,而且我尊重它那机器的身份。它与所有这些屏幕和这些互动的仪器毫无关系,包括将来的"信息型"汽车和"智能性"房屋。就连移动电话也是网络对大脑的镶嵌,就连冰刀溜冰鞋和滚轮溜冰鞋也是滚动的假肢,它们是另一代的机器,与古老的静态电话或脚踏机器完全不同。从人类器官及其假肢间的混淆中,正在生长出另样的风俗和另一种道德,这种混淆将终结工具性条约和机器本身的完整性。

一个女人只有当她在衣服下赤裸时才是美丽

的。一种思想只有当它在语言下赤裸时才是美丽的。这就是说它是强烈的。每个句子都是强权意志的火星。

本能的摄政期和情感的垂危期。

懒惰成性,或简言之,不理会义务或各式各样的复杂事情,这种倾向被一种还要顽固的恶习所抵制,即最终对任何要求都作出回应的恶习,就像总能准时到达那样。其实既不这样也不那样倒是更为简单的事:既不懒惰也不急躁。但是期限的萦绕总是在那里:人们既想要所有东西一下子就位,又想要它们被无限期地拖延。

性别平等,三八妇女节,最近还有了"看家母狗协会"①,推而广之,有了对任何受害差别的甄别要求,妇女们正在集体性地自我嘲弄,采用与同性恋们同样的步调,要求他们的小市民身份,要求一个合法的和配偶的身份。

眼球突出症(exophtalmie)——或者眼睛比头还要大。

四元三分法(tétratrichotomie)——或者过分挑剔的艺术。

木材说话学(xylolalie)——或者树木语言的话语。

动物标本剥制术(taxidermie)——或者用麦秸活填概念的艺术。

---

① 看家母狗协会(Chiennes de Garde),法国的一个妇女运动协会,成立于 1999 年,旨在揭露公共领域中歧视妇女的行为,维护妇女的权益。

"男人们"①：无精打采的戏剧，幻想破灭和令人生厌的戏剧，无所顾忌的即兴之作，然而却有着深刻的寓意——也是无效的寓意，这种无效意味着它什么都明白，而且没有受到任何欺骗。究竟发生了什么事情，使得无效性那悲剧式和形而上学式的表达，从贝克特式的表达，过渡到了对任何事物的无效性？

在报刊文笔中败坏语言的这种儿童的怪癖，因过度使用双关语而消耗语言，把语言视作一种粪便物的怪癖，培育一种滑稽的修辞学的怪癖。

相反的怪癖，因过度考察词源，即把语言牺牲给文本性的怪癖，它强迫词语交代它们的无意识起源，如同强迫其他人在性的无意识方面做坦白一样。

---

① 同名作品《男人们》(Les Hommes)为法国 1753 年的一个独幕芭蕾喜剧，由圣富瓦(Germain-François Poullain de Saint-Foix, 1698—1776)编导。

"我的图像具有两种特性:或者它们膨胀,这样它们就向所有方向开放;或者它们收缩,这样它们就在所有方向上匆忙地关闭。在这两个极之间,有着我所谈论的一切"(罗斯科①)。

突变,几乎没有过渡,罗斯科的作品直接转向一种即时的和最终的形式。就在那里,就一下子,被完美地控制,就是这样。他所做的这些,距离我们许多光年呢!

这完全不同于一种进化,甚至包括创世性进化。这几乎是一种遗传的推动力,通过这种推动,他奇迹般地脱离了他曾经作为艺术家的自己,即被载入艺术史的他,他成了一种仅有的、至高无上的媒介,形式极其简单,而且与表现主义和抽象画毫无关系。

---

① 罗斯科(Mark Rothko,1903—1970),美国抽象表现主义画家,生于俄国的犹太人,于 1913 年移居美国。

"画中出现的形式以其简洁让人们震撼。而也许最令人震惊的,就是在我们尘世的生活中,我们的大脑被一个铁圈箍住——梦与我们自身的个性紧密协调在一起——我们本不会冒险去摇动我们的精神,去解放被囚禁的思想,并为思想提供最高的智慧。"(纳博科夫)

每个人身上不都有这种潜在的突变,这种强大的变化么?这种绝对的特别性,只要求轻巧地发生的特别性——难道不是"一种我们走出个人枷锁的绝妙形式"么?

理论空间那几乎无时间性的弧,它既不遵守时序也不服从历史。萨德和傅立叶①的理论也是如此,就像是马克思和弗洛伊德理论的提前回归的冲击。他们的理论是对马克思和弗洛伊德理论的提前批判,这种批判要比众多后续批评都要激进得多,当然它们只会产生死后名义(à titre posthume)

---

① 傅立叶(Charles Fourier, 1772—1837),法国哲学家和经济学家,空想社会主义创始人之一。

的效应。要重新解读思想的世界,采用与启蒙时期的意识形态相反的方法,即采用那种与遵循事件时序的意识形态相反的方法。

目的论和道德的视觉,这使得弗朗索瓦·傅勒[①]对法国大革命作了好坏两类事件的定性,并且谴责了大恐怖时期[②],证明了一种掌控事件的无能,即在革命事件中,那些超越客观条件的东西,无论是初始事件或是终结事件,都是以事件本身的暴力为代价的,热月党人对于收获月[③]一无所知。

[①] 弗朗索瓦·傅勒(François Furet, 1927—1997),法国史学家、法兰西学术院院士,以其关于法国大革命的研究而闻名。
[②] 大恐怖时期(la Terreur),指法国大革命1793年5月—1794年7月这一阶段。当时,山岳党首领罗伯斯庇尔(Robespierre)掌权,他以革命的恐怖镇压保皇党人和其他异己派别,直至被热月党人推翻为止。
[③] 收获月(Messidor),指法国大革命后新制的共和历法的第十个月,相当于公历6月19日—20日至7月19日—20日。"热月党人对于收获月一无所知"是指热月党人镇压了革命,但对大革命(按共和历是在收获月)的成果却并不了解。

塞罗内蒂:"如果我觉得我的公正倾向于延迟事物的崩塌,那我就会尽力让自己不那么公正。"

自由并不像人们所想象的那么自由:它会产生起来对抗自由的抗体。真理也受到来自内部的威胁,如同一种和自己的治安组织僵持的状态。如果说价值享受完全的豁免权,那么它就会像科学真理一样致命。

在这个事实中有一种平衡,即如果语言使人类成为一个社会的和文化的存在,以对抗自然,那么同样也是语言使得人类去说谎,因而承受这种不正常的状况。

我们最平凡的感知听从于一种美学协议,根据这个协议,总应该有什么东西可看,还应该有什么人去看。在其他文化中,仅有少数东西是提供给人看的。剩余的则是超感知的东西,并且既脱离美学的范畴,又摆脱文化的控制。只有在这个规则被废除后,世界才能被移交给一个感知的普遍协议,根据这个协议,事物的表象本身将被转变为一种文化价值。

人们总是有这样的印象,即其他人的存在与我们的存在相反,它应该有一个意义,我们作为一种幸福的戏剧性例外生活着,或者作为普遍不幸的戏剧性例外生活着。他们是怎么搞的,过着这种如此无价值、如此枯燥乏味的生活?但是这种平庸,人们还是喜欢溜进去抓住它的秘密。

用纯粹民主的说法,对克林顿口交事件的超现实式控告,在权力人物通常享受不受处罚这个方面,这是一种绝对的进步。相反,在透明性和知情权方面,人们所能证实的,就是这个事件打开了通向嘲笑和淫秽的深渊,而性丑闻仅仅是一个讽喻。

解决里约热内卢贫民窟消失的唯一办法,可能就是把它们记载到世界文化遗产中,这是保存所有正在消失中的物种和场所的理想方法。说得极端一些,对地球本身来说也是唯一的方法:如同人类的基因组那样,将它载入世界文化遗产。

等待就像一种提前的赎罪,就是必须为之提前付出代价的东西(包括等待死亡?)。起来与之对抗的便是急躁,作为对结束的即时要求。

在一个注定以**恶**为准则的社会里,不存在无辜的推论:哮喘,溃疡,过敏,痤疮,耳鸣,这一切都对你做出不利的证言。甚至连癌症和梗塞在心理上也是可疑的。甚至连意外事故也是可疑的。这样一来,医学也将值得怀疑,因为它涉及幽灵病理学的边缘地带,而这种幽灵病理学还得面对由坏意识和恶意超决定(surdéterminés)的"器官"痛苦。不能坦白的东西,如今不再是性事,而是心理上的事,或者说是精神的无序,它导致了这种对身体的不听从——难以启齿的疾病,不再是性事方面,而是心理方面的羞耻,这些疾病是在与现实缔结犯罪关系时染上的。

真正的"划时代"[①],就是当事情变得非常明确时,即与某种"重新开始"(克尔凯郭尔)的生命幻觉相反,特别是重新开始爱情关系,因为第二次相遇可能是爱情关系的理想结局——当事情变得明确时,即这种崇高的重复最终将不会发生时。没有重新召唤,没有回归,没有第二次存在。于是一切突

---

① 原文为英语"break of the age"。

然变成致死的东西。

权力人士的任何一点智慧的光芒,只能扩大不幸的程度,完全如同真相那样,只能扩大事情的严重性。最好还是崇尚犬儒主义和腐败行为——它们至少是客观条件的一部分,而客观条件中被照亮的那一面正好面向邪恶。

在枪决 1917 年的哗变者时,① 社会就开始堕落。通过对他们的平反,社会第二次堕落——社会用同一行为使他们最终失去尊严,因为说到底,那些死在耻辱战场上的人,他们应该有权留在那里,人们不应该在沙场上将他们复活,这就等于向他们

---

① 第一次世界大战后期,欧洲各国军队因厌战而集体拒绝上前线或发动攻击,形成国际性的军事哗变。这次哗变持续了半年多,后来遭到各国政府的镇压,其中一些发起者和活跃分子受到军事法庭审判,仅法国就有上千人被判服苦役,50 多人遭枪决。

的坟墓吐痰(还不说今天那些给他们恢复名誉的人,这些人若在那个时代,会用同样的方法枪决哗变者)。

人们就是这样摆脱受害者的,摆脱作为受害者曾经拥有的道德优越性,并且窃取他们报复(继续秘密地将他们看作有罪的人)的能力。让我们给哗变者、叛乱分子、被遗弃者及被排斥者保留被诅咒的部分的特权。不要让刽子手们通过上演坦白和后悔的场面去侵占他们的位子。

同样的场景也出现在教会和宗教裁判的受害者的案例中:人们似乎让我们理会这一点,即这种迫害、恫吓和恐怖的形式业已结束,然而其他形式正方兴未艾。这是一些更为普遍的形式,更为巧妙的形式,人们甚至做梦也想不到这些形式会受到质疑。

皮诺切特①,帕彭②,萨达姆,米洛舍维奇,所有这些曾经为"国际社会"当过雇佣兵的人:国际社会无法直截了当地否定他们,而只能通过或多或少做假的诉讼来把他们处理掉。而国际社会还会这样做,如同它继续把受害者秘密地看作犯罪的人一样,或继续秘密地把他们看作无辜的人。

依云的广告:水上的实体小爱神跳着华尔兹舞,这是精子在子宫体液中抖动的隐喻。蛆虫宝宝在出生的尸肉上起飞的情景。完全是那种青春期的、出生前的、幼稚的广告的矫揉造作——一个成人世界的真正的淫秽。帮宝适(Pampers)文化。人们最终会惋惜那玩偶女人和广告色情的黄金时代。

---

① 皮诺切特(Augusto Pinochet,1915—2006),智利军事独裁首脑,1973年至1990年任智利总统。
② 帕彭(Franz Joseph Hermann Michael Maria von Papen,1879—1969),德国政治家和外交家,1932年任德国总理。

民事结合契约①,欧盟共同农业政策②,性别平等,等等:垂死功能的普遍性化疗,对所有被社会团体的暴力合理化所驱逐的东西进行的普遍化疗,如家庭、农村等,依据的是一种贸易的空气动力学剖面图。

梦中奇特的漂浮,使我飞越屋顶和城市,像跨越灵媒外质那样跨越许多墙壁,然后如同一只飞鸟猛然扑向一个猎物,并通过撬门破墙进入最为亲密的空间,一直来到那位你能随意抚摸的女人身边。双手伸入任何一条裙子里面,让那位因抚摸而抖抖索索的女人大感意外,她不知道这些抚摸来自哪里。这种非物质世界里的快感要比现实中的快感

---

① 民事结合契约(Pacte civil de solidarité),法国于 1999 年设立的一种新机制,对当事人的保障介于婚姻和同居之间。其成立需要一个确定双方权利义务的契约,最终又可以基于各方决定而解除它。
② 欧盟共同农业政策(Politique agricole commune),欧盟的一项农业政策,制定于 1962 年,其主要内容是制定共同经营法规、共同价格和统一竞争法则,建立统一农产品市场,建立共同农业预算,协调成员国之间管理、防疫和兽医等条例。

更加强烈,但这种快感来自哪里呢?似乎永远没有任何东西在梦的世界里衰老。梦里的感觉总是那么强烈。虚拟的现实和网络的电子拥挤能否远距离地提供这样的感觉,并且提供一种穿过墙壁去抚摸"睡美人"的能力呢?

我总是准时到达。这样的准时性是与死亡约会的真实写照,那时我们当然只能准时到达。说得确切些,倒是死亡无论如何会如期赴约。它并不在那里等待我们,而是当它正巧在那里时,我们也到了那里。事情就是这样的。令人不安(侮辱人的?)的事,就是提前来到这个不可避免的巧合中,准时到达那个并不重要的时刻。无论如何,那些从来不准时到达的人,他们只是与死亡玩着延时游戏。然而,我们的整个文化若干世纪以来一直在驯化我们,让我们遵守这种强迫症式的准时性,因此也迫使我们与死亡如期约会。我们能找到的逃脱这个约会的唯一方法,那就是真实的时间,是时间在永久界面上的分散,就像不再存在死亡赴约的确切时间点一样。

有一些思想能够同时在几个大脑中产生,就像人类种群曾经在地球上几个地区同时出现一样。或者在同一个大脑内部有一种思想的滑动,而其他的人在某一特定时刻可能会分享这些思想——就像加拿大北部拥有四万棵树的那个森林?那里树与树之间彼此相连并构成唯一一个巨大的有机存在体。无论如何,没有什么比这个更令人烦恼的了,即某个思想被另一个人陈述出来的时候,也正好是你脑子里出现这个思想的时候,如同在突出某段乐曲之前,逐渐减弱的音乐发出的提前的回声。

分析的忧伤和分析性超我的忧伤。理论的对象越来越难以通过真相的游戏使自己新生。

摄影的对象则相反,它通过表象的游戏让自己新生——不再有**超我**，不再有分析，不再有忧伤。

摄影的对象是去催化碱的(apocatabasique)①。

如果现实是我们的营业资金，那么**虚拟**就是超市的等同物。

礼貌性的上照的微笑，这难道不是一副防御面具？难道不是一种逃避捕猎者的装死的方法么？

在语言中如同在牙齿中一样，②其中有臼齿用来磨碎食物，门牙用来切割食物，尖牙用来撕碎食物——时而还会有一颗智齿。

---

① "去催化碱的(apocatabasique)"，作者自创的词，由"apo-"（无）、"cata-"（触媒）、"basique"（碱的）构成，似指摄影的对象不再是可分析的东西。
② "语言"(langue)一词在法语中也有"舌头"的意思。这里也可译成"在舌头中如同在牙齿中一样"，这也是作者的文字游戏。

无声属于图像。但这只是噪音的无声。大部分的图像以另一种方式在嚎叫。它们因真相和现实而嚎叫。

面部的美容去皱手术。

价值的伦理去皱手术。

基因的遗传去皱手术。

思想的精神去皱手术。

杰夫·昆斯①:不可能知道他是否是傻瓜,他是否能识别出拙劣还是独创,他是否识别出真伪——他是纯粹的拟像,沉浸在第二层次或零度的完全无

---

① 杰夫·昆斯(Jeff Koons,1955—),美国当代著名的波普艺术家。

辜中。在他天使般幼稚的神态下,他是不抱幻想的检验,是一个空洞符号的世界的冷峻真切。然而在沃霍尔的作品中,存在一种拟真的原始魅力,尤其是对它一直是什么的直觉,也就是说它仅仅是一种假设。在杰夫·昆斯的作品中,人们进入了一个原始的滑稽阶段,如同闹剧或是刻板模式。拟像的假设仍然要比变成现实更值得重视。

一切都需要有第二次期限,和再洗礼教派完全一样,必须进行第二次洗礼,以便能在精神上存在。这样,就必须推延每个行动和每个决定,给第二次洗礼留下机会。

在任何情况下,问题就在于在那里而又不在那里——二者同时。也就是说,相对于世界而言,这完全就是我们所处的状况:我们既在世界中又不在世界中。

就一个预定的事件或任何一个决定而言,突然取消其计划属于这类巧妙的乐趣,即巧合时不时地给我们免除的巧妙乐趣。

如果说命运是残酷的,那是因为你不善于讨好它。

跨哲学划分[①]:正是在这里,真相才开始在这边或那边存在,在这里,所有矛盾的假设同时得到验证。

人们消失了。到了世界的另一边。对此又不

---

① 原文为英语"Transphilosophical Divide"。

能立刻知道。只有当他人的审判和持续的误解越来越少地涉及你的时候,你才知道这一点。停顿已经做出,没有什么明显的事件。通过习惯的方法再也不能与你会面。

刽子手和独裁者的愿望就是变本加厉地对待人权和国际特赦组织——虚拟地——保护的那些人。对于这些少数另类决不心慈手软。倘若"他们"有权与众不同,那么唯一的解决办法就是在肉体上消灭他们。这就是"差别权"那反常的后果。诚然,施行酷刑并不等到当今时代才开始,但是它肯定找到了一种激动人心的变种,这不仅表现在强暴人类上,而且还表现在践踏人权上。

处于男性时尚中的一切,即身体、风度、表演及"时尚的光晕",都大大女性化了。时尚是女性的时尚,事情就是这样。

这是针对社会和政治世界的补偿,因为现今在社会和政治界占有一席之地的妇女们都具有所有的男性特征。权力是男性的,事情就是这样。

这些妇女可以给自己披上诱惑的外表。但这是一种额外的女人性。同样,男性模特可以显示出男性的痕迹,但这是一种额外的男人性。

一位母亲在一次事故中失去了她 20 岁的儿子。她说她可以捐献儿子的眼睛、肾脏和肝脏,条件是要人们为她抽取儿子的精液。事情办完后,她要找一位女子(一位虚拟的儿媳)自愿为她生一个或几个孙子。她收到来自美国各地的热情的来信。但是胚胎道德委员会向这位母亲强调说,她没有权利让人为一个死去的人生孩子。她和律师坚称,如果医疗界可以接受她儿子的内脏捐赠,她就完全有权利按照自己的意愿支配她死去儿子的冷冻精子。

人类的命运是否会蒸发成高度稀释的现实,蒸发成不可抗拒的抽象——思想喷发的命定结果?有那么一天,我们将对任何东西什么都不懂,而且也不会有什么需要懂得的东西——整个世界将会变成信息。非物质的退化。性欲缺损(Aphanisis)。景观的结束。变成对自身来说半透明的人类种群。宇宙的先例:光线分离——世界变得可以看见。第二次突变:思想的分离——世界变得可以理解。第三阶段:世界会消失?

纳博科夫说:"知道自己知道的才是人类,就这一点而言,这个人类生灵距离猴子就比较远了,至少比猴子距离变形虫要远得多。"但是这种进化将持续至哪个阶段呢?这种意识的嵌套结构会到何种程度呢?我们已经处于一种四维的意识中(前三种是再现的维度)。将会有一种五维、六维、七维的意识吗?谁会知道意识知道自己知道呢?

在八车道的高速公路上,数以千计的汽车像动物迁徙一样,随着山丘的起伏呈波浪形向前行驶。所有的车灯都打开着,犹如只存在人造的白天,或者犹如汽车大灯在试图划破另一个黑夜的面具。这个黑夜到处都是眼睛磷光闪闪的幼虫和成虫,而白天只靠自身是无法成功地驱散这个黑夜。相同数量的汽车朝着一个方向和另一个方向行驶——总数为零的巨大长龙——相同的不间断的血流,所有车辆行驶在同一条道路上,与前面的车辆和跟在后面的车辆保持着相同的距离。

这儿的白天从黄昏开始,伴随着太平洋上的海雾,它营造出一种模模糊糊的新石器时代的气氛。接着人类以小跑步者的形式出现,沿着海滩跑着,在其史前动物的角色中表现得完美无缺。然后海雾渐渐升起,让第一批游泳池和霓虹灯闪烁起海蓝绿或青绿色光芒。随后一道七彩光,在这个季节总是有些朦朦胧胧,将这个麻木的世界沉浸在它的便利中。这个世界如同千千万万梦游的汽车那样流动自如,夜以继日地你追我赶。最后,在黄昏的黎明后,一切都结束在落日的耀眼曙光中,最终摆脱了任何的海雾,如同结束了一次火山灰的爆发。

加利福尼亚州:唯一真实的迪斯尼乐园。世界上拟像的唯一发源地。所有剩下的地方都已经迪斯尼化了,只有南加利福尼亚仍然是极现实(hyperréalité)的摇篮,不予起诉(non-lieu)的圣地。

在欧洲,经过习俗的司法演变,似乎是男性同性恋在文化和政治上首当其冲。在美国,倒是女性同性恋的压力比较大,其主要影响甚至会表现为一种真正的歧视。所有多元文化性的、"政治上正确的"[1]和性骚扰的历史都围绕着这条轴线,而且"性别"的胜利是女性同性恋的一次胜利。问题就在于要弄清这一点,即现在作为习俗演变的尖细顶峰的东西,那种在多元文化的话语幌子下作为唯一思想而运作的东西,它们实际上是否就是一个社会向后倒退的最前沿的阶段。这个社会正在退向一个同类人的联盟(共同性别[2]),根据一种唯一的优先标准,性的标准或文化的标准。同样的疑问可以针对像万维网、因特网等诸如此类的应用——乱伦的淫窝,在那里,所有的人都按照同样的软件和同样的程序而被编入索引——根据技术和精神的同样的迫切需求。

艺术将因近亲繁殖的混杂而消亡。这有点像疯牛病和动物骨粉的故事。让活的动物吃粉碎了

---

[1] 原文为英语"politically correct"。
[2] 原文为英语"co-gender"。

的死动物。这样,艺术就开始靠它自己的骨粉活着,即古老形式的残留物,精心冻干的艺术史的余渣。尤其是艺术已经吞食了它自己的思想,或者说它已经被自己吞食掉了——乱伦的自食行为,同时配备了对它自己的排泄物进行内部使用的循环系统。

知识分子和政治家属于同一类精英,属于同一个拥有等级特权的社会等级,根据一种比传统社会里还要糟糕的歧视标准,因为与古典的贵族阶层不同,这个等级利用普遍性来更好地确保他的特权。在这种象征性司法权的庇护下,知识分子和政治家相互进行掩人耳目的区分,仅仅是为了更好地制造景观。

"思想共同体,它是人与人之间的根本纽带,在当今社会中是不存在的"(米什莱[①])。

[①] 米什莱(Jules Michelet,1798—1874),法国著名历史学家。

人们一旦失去了对愚蠢的想象,就会变得愚蠢。即使是智慧,如果它失去了对自身的想象,也会变得愚蠢。因此,那种对于自己拥有的知识没有任何想象的人工智能,不管这个知识多么宏伟,这种智能也就处于猴子的水平。

在影片《迫切的任务》[①]中,伊斯特伍德让我们目睹了通过致死性注射执行的死刑场面。死刑犯被捆绑在行刑台上(一切都很像外科手术)。椭圆形的房间有着玻璃透明墙,起先用布帘遮挡着,在帘子后面,站着死刑犯的家人以及那些有特权在场观看最后场面的人。幕布拉开后,如同观看一个真正的窥视秀,最后到的来宾能够观看仪式的缓慢进

---

① 《迫切的任务》(*True Crime*),美国著名演员和导演克林特·伊斯特伍德导演的电影,上映于1999年。

程,仪式前已经有三次注射的高潮。唯一的区别在于死刑犯自己能够看到那些看着他的人,直到他陷入昏迷:这是一场互动的窥视秀。

奥塞纳试图为库斯托[①]辩护——奥塞纳是库斯托在法兰西学术院的继位者——说库斯托虽然曾经是反犹太分子,但在那个时代(战争期间),这在法国是很平常的事情。无数文献证明了这一点:无论承认与否,反犹太曾经是一种非常普遍的观点。但是如果说有一种更恶劣的对曾经是反犹太分子的指控,那就是当大家都是反犹太分子时他也是反犹太分子(或者当没有人是反犹太分子时他也不是反犹太分子了)。这是给思想的揭发再加上对性格懦弱的揭发。没有人意识到这一点。

---

① 库斯托(Jacque Yves-Cousteau,1910—1997),法国著名海洋学家,法兰西学术院院士。

当人们能够认为已经将一本书带到了尽可能远的地方时,这本书就算完成了。这就是说有了对一个不可逾越的边界的意识,一个只有这本书自己能够跨越的边界;或者说得确切些,某些读者能够将这本书带向它的终点,甚至超越它的终点。但是你已经错过理想书籍的感觉,而这本书已经完整地存在,在梦游的迷雾中已经存在很长时间,你只需将它从迷雾中一段一段地拉出来就行。这种错过的感觉如同一个对象的生命反应一直持续着,而这个对象在它活着时将自身展开,却从此自我缩成一团,装起死来,然后陷入没有梦境的睡眠中。

图像就是对所有迟早会完全变化至沉默状态的东西的认可。这是话语的无声变化中最美丽的一个变化。就好像话语在某个前世已经先于图像存在。图像保留了这个前世的所有表象,但是它已经巧妙地过渡到了另一边,到了没有什么可说的东西的现象性直觉的那一边。无论如何,分析本身一旦走向了极端,就不再有面孔,它变成了自己的面具。只有到了那时,分析才能在图像的现象方面重新获得一种不为人知的真切,然而如果没有这种分析性直觉,图像就不会以同样的方式存在。

莱奥帕尔迪①曾经抱怨别人把他的绝望哲学和对虚无的赞美归咎于他遭遇到的不幸事件,归咎于他的畸形和他个人的不幸。实际上这就是解释的暴力,它总是混淆不幸的原理和不幸的经历。此外这还是一把双刃剑,因为在这种视角中,乐观的话语又能值几个钱?它们只能是某种平衡和一种普遍身体健康的表达语——它就使得这些乐观话语在意义和道德方面变得无效。然而,**善**从未受到过质疑。它从未被怀疑拥有外部动机或不可告人的理由。况且正是在这一点上它才成其为**善**:因为人

---

① 莱奥帕尔迪(Giacomo Leopardi,1798—1837),意大利诗人、散文家和哲学家。作品有《无限》(*L'Infinito*)等。

们压根不会怀疑它,所以它才得以不受惩罚地猖獗起来。

从前人们用来赋予世界一个意义的所有时间,今天人们把它花在了意义的人工再生产上。也是白捡的便宜。从前人们花在外表修饰和乐趣培养上的所有时间和精力,现在却用在了改造世界和世界的价值交换上。这叫两败俱伤。

所有那些没有发生的事情,那些中途夭折的事件,那些速度太慢而永远无法到达的事件,还有一些无声的事件,即永远没有机会发生的事件——所有这一切构成了我们历史的反物质,不在场事件的"缺损的质量",这种缺损改变着真实事件的进程。

在一些印第安部落中,人们在婴儿出生时会埋葬或焚烧胎盘,其仪式与对死人进行的一样。人们把胎盘看作新生儿的孪生生灵,是那个牺牲他以换取另一个活着的生灵。因为我们在生命初期总是两个人,一个人必须为另一个能活着而死去。

我们能成为真实的人纯属偶然,我们是不知情的永生者。

我只援引我欣赏的人的话,因为他们比我更善于表达我曾经想说的话。或者更善于表达我能够写的东西。这就如同你可以通过另一个人而让思想产生变格一样,他为你重新组织思想,好像你已经把思想给了他。人们能够在你之前想到这点,比你想得更好,这是一种分享的符号,预先命定的符号,如同一个自行奉献给镜头的物体。因此引证的这种快乐是极其罕见的,而且应该继续保持。

一种存在——存在是什么？

生活经历，存在，"生活故事"——弗洛伊德的生活故事，马克思的生活故事：他们是如何吃早饭的，如何觊觎他们的女佣的。透过平庸的事，通过对琐事的注释，通过破坏整个研究和文学的传记性侦探故事来解码思想。对细节的调查，对细微存在的分析，荒诞地希望重组整体——好像任何的剧作艺术已经从思想和生活本身中消失了。

对平凡性的探索，对社会新闻的癖好以及日常生活的玄奥，如果在这些事件中曾经存在着迷人的一刻，那就是现在关于平庸性的尸体的这一刻。艺术的雇佣兵所热衷的正是这个尸体，他们还一边品尝着自己的死亡。

在真切和现实部①,他每天以专家的身份签到。他曾经将他所从事的活动总结成一份报告,该报告力求表明,客观的事实和客观的真理是一直就存在着的——如同某些哲学家说过,而另一些哲学家否认过的——但是从某种程度上说,它们处在一个等候名单上,它们只能根据可支配的位子,还有另一些客观真理消失后留出的空位,一个接着一个地出现……

罗纳德·里根,得了阿兹海默症,轻易就忘记了他曾经是美国总统。真的如此严重吗?当他是总统时,他已经忘记了自己曾经是演员。当一个人是总统时,便自以为是美国总统,当他不再是总统时却忘了他曾经是总统,前者难道不是比后者更为严重吗?

---

① 真切和现实部(ministère de l'Evidence et de la Réalité),作者杜撰的一个政府部门。

大部分参观拉斯科二号窟的游客甚至不知道他们是在参观岩洞和壁画的仿制品。原物在哪里你在任何地方都找不到标识,它只保留给几位特殊的游客。不久后这将是未来人类最普遍的生存状况的征兆:我们将生活在这样一个世界里,即我们甚至不知道这已经不是原来的世界。曾经只是一种哲学假设的东西将成为严酷的现实——而我们对此却一无所知。

人们为什么去咖啡馆?为了目睹别人的疯狂。

避免对任何东西拥有权力,除非是关系到生或死的问题。

在一个被水包围着的遥远国度里,人们认为螃蟹应该对潮汐的运动负责。螃蟹的来回爬行制造出了海浪，海浪通过移动卷起了风……这是海浪的肚脐（底波拉①）。

波哥大市的墙上有令人惊叹的涂鸦："不要将生活私有化！"②生活是否也能摆脱世界性的自由主义呢？能否逃脱银行和行政机构的命运呢？生活是否能够摆脱法律不严的状况呢？

"禁止唯物主义者在绝对处停留"③（严格禁止载有重型设备的运输车辆停车）。同样的：禁止唯物主义者在绝对中停车！相反的提议：禁止唯心主义者在物质现实中停车。

---

① 底波拉（Déborah），《圣经·旧约》所载的女先知和女豪杰，在她的鼓舞下，以色列人打败了迦南人。另，法语中"肚脐"（nombril）也有"中心"的意思。
② 原文为西班牙语："No privatizaron la vida！"
③ 原文为西班牙语"Se prohibe a los materialistas estacionar en lo absoluto"。

个人欲望的出现本身就是对群体和人类种群的非个人标准的违背,是对不受时效约束的规则的违背,无论自由和解放的益处有多大。精神分析的"家庭冲突"只是对这种象征性的无人继承的有限定位。

有了移动电话,人们不再是嘴对嘴地说话,而是耳朵对耳朵说话。并且耳朵不再是听觉和声音的耳朵,而是感觉器官的终端。对所有感官进行电子殖民化的后续阶段:可触摸性,代替触觉的(屏幕的)数字化,代替皮肤的胶片,代替目光的显示功能,代替声音的有声指令,还有所有的虚拟触头,包括代替身体和肉欲的色情触头。只有嗅觉和味觉似乎还没有遭受这种计算机式转移。

免费就是无偿地给予。但是还有另一种免费，就是无偿地拿取。后者也是一种免费的行为，因为不是等价交换，而且人们应该给予它同样的尊重。善于接受别人给予你的东西而别人却不从你那里得到回赠，也就是说某人比你强，并且显示出他的优越性（这是赠予的象征性逻辑），这也是一种牺牲，它与赠予者的牺牲具有同等价值。

一种同时吹向四面八方的风的想法。魔法般的想法，就像有一条垂直的地平线的想法。思想可以实现这条地平线，它在各方向上同时具有意义。或者正如罗斯科所认为的，有一种同时向着各个方向敞开和关闭着的作品。

世界不是为了让我们认识它才存在的。它没有任何认知的宿命。然而宿命本身就是世界的一部分，是属于深层幻觉中的世界，它和认知没有任何的必然联系。

一种堕落,一种根深蒂固的萦绕,它会在一个活着的生灵到达结束的彼世后继续存活。如同伏都教①中的人,被一种外来的精灵驾驭着,这种精灵让人成为他的坐骑,这时的人就只有一种幽灵式的存在,然而梦鬼的不断出现会把他带到结束的彼世。如同亚哈②对他的忠实拥护者所说的那样:如果我还感觉到我那条被碾碎的腿的痛楚,尽管它已经腐烂很长时间了,那么你为什么不能在你的身体腐烂后,在地狱的永恒中,也感觉到难以忍受的痛苦呢?

---

① 伏都教(Vaudou),源于西非的一种原始宗教,现在仍流行于贝宁和多哥等国。
② 亚哈(Achab),《圣经·旧约》所载以色列国王,约公元前847—约前853年在位。这里指的是美国作家梅尔维尔的小说《白鲸记》的主人公,他被鲸鱼莫比·迪克咬断了一条腿,因而决意捕杀它以复仇。

汉茨维尔（得克萨斯州）上诉法院刚刚中止了对一名死囚犯的行刑，以便确认他是否在精神上足够健康以便受刑。在马被吊死的年代（18世纪左右还这么做），在那个惩罚很严厉但没有虐待狂的年代，人们不会提出如此多的问题。

然而也许在法官的意识中，这甚至都不算是虐待狂。也许非常简单，这已经成了一种人权，即要在完全知道原因的情况下受刑。

根据这种逻辑，精神弱智者也有必要要求拥有对智慧的不可侵犯的权利。国家力量应该弥补这种残酷的不平等现象。况且对他们来说，在人工智能方面无疑会有一线希望。

精神分析学的颠覆。与其说梦境是现实生活中未满足的欲望的实现之地，倒不如说现实生活是源于梦境的欲望的实现之地。梦境不是无意识的垃圾场，而可能是现实事件的模具——这就与土著人的梦想①异曲同工了。对土著人来说，必须先梦到孩子，然后才能孕育，"真正的"父子关系只是对梦境的实行。

戈尔巴乔夫在西方：改革也会来到你们的身上。他对最坏情况的预见是有道理的：一旦柏林墙被推倒，东欧的幽灵消失，两大阵营各自的结构就停止互相保持尊敬（并不是因为核威慑，而是因为面对对手时各自的内部一致性）。到了那时，彼此就能自由地进行贿赂，并且扩大到世界范围。

人们所谈论的东西总有一种讽刺价值——这是任何话语的讽刺作用。相反，对于语言来说有一种基本的义务——正是因为语言比它所谈论的东西更为真实，我们才应该对它担负起最大的责任。

---

① "梦想"，原文为英语"dream"。

教会在这里或那里都感到后悔,对于犹太人、拉丁美洲的印第安人、异端分子和女巫,或者吉奥达诺·布鲁诺(这种后悔是多么淫秽的滑稽剧!你们烧死了他,就让他的灵魂在地狱里焚烧吧!),后悔是不够的。最好是让上帝自己后悔,并且就两千年来对人类种群施行的所有残暴、欺骗和愚弄公开表达他的后悔之意。正是他应该为下列罪行受到起诉:

——对精神财富的滥用,对债务和恩泽的使用和滥用,对宽容进行的非法交易和舞弊;

——知法犯法(他对此了解得太多,所以从未揭露过),并通过伪经的福音进行普遍的误导;

——建立武装团体及隐秘的审判团体(宗教裁判所);

——通过搜刮民脂民膏建造大型建筑,以显示自己的荣耀;

——非法占有**真理**,以及欺骗——自认为是三位一体,集两种本质于一身——曾使他的欺诈到达让人相信他不曾存在过的地步(此外他还是迄今为止所存在过的虚拟职业的最伟大创造者);

——逃匿的非法行为:他找到了在预审前逃跑的方法。

因此,诉讼将进行缺席审判。

将不会有人为他辩护。甚至连罗马方面也发表了不利的意见。

惩罚:流放,软禁,解职,自杀,焚化,并把他的骨灰撒在万维网上。

把女人描述为诱惑的无辜受害者是对女人性本身的侮辱。

每一次自然灾害后,大家都急着修补损失,在老天的报复面前,没有一刻的沉思,没有一刻的晕厥。

这个事件是如此猛烈,以至于人们不得不认为在别处发生了什么事情,而这个事件只是其极端的后果,有点像一次遥远的地震的震波,一下子摧毁了一座古城的城墙。

照相机镜头使你立刻对你自己无动于衷——你在内心装作死人。于是,电视摄像机的在场使你对自己正在说的话无动于衷,似乎是个局外人。

当未来的某位研究者陈述这样的想法时,即接替我们的那些克隆人和人造生命是人类的后代,这和当初达尔文宣称人类是猴子的后代一样,将是一次巨大冲击。

毛玻璃上的一种透明。

有一天人们将会发现，大爆炸也没有发生过。它和 2000 年的千年虫、金融崩溃、各种冲突等一起，是这个世纪末精彩的魅力汇演。世纪末本身只是一幕精彩的魅力剧。

西方生活方式的任何改进都会使之变得越发脆弱，会成为一位潜在敌人的武器，而这位敌人要丢失的东西较之要少得多。因此，俄罗斯人在核威胁方面仍然占有优势，尽管他们在军事上处于劣势。因此，伊斯兰分子的强大在于自杀方面：他们以牺牲生命的唯一方式来补偿他们总体上的无能，而在西方，一切都是在"零死亡"上做文章。

她面对自己曾经有着一种自卑情结。

就像这个残疾的孩子,他对自己的母亲提出诉讼,控告她在怀孕期间,在发生交通事故时没有系安全带,从而导致了他的残疾。任何一个孩子不久后都将像他一样,控告自己的父母把他生了出来。

正是通过与其他事物的对立,某物才产生意义——正是通过与虚无的对立,它才产生反意义。"语言可以满足于某物与虚无的对立。"(索绪尔)

不再需要"出自机器的病毒"①。其实很简单,缺陷就来自各种机器对最终条件的极敏感。而我们自己的缺陷,我们的存在的缺陷,它来自对我们

---

① 原文为拉丁语"virus ex machina",化自戏剧术语"机器神"(Deus ex machina),即剧目结束时突然出现的解围机关。

现有生活的理想条件的极敏感。

时间的双重箭头。大爆炸和大坍缩①同时爆发。结束与开始同时开始。事物在开始出现的那一刻就开始消失。两个维度在任一时刻都可相交,而每一时刻都是两个箭头互相影响的场所。

一种最终演变的谎言,如同水平线条的谎言。结束的幻觉。不存在时间的不可逆转点。就像同时吹向各方的一阵风,事物将同时从其开始走向其终结,也将从其终结走向其开始。

大坍缩不再是最终的结果,或是大爆炸的负极。它有它独自的路线和自己的威力,就像在基督教的主要异端即摩尼教中,**恶**相对于**善**而言,也有其独自的路线和威力。

---

① 大坍缩(Big Crunch),一种解释宇宙灭亡的理论,与宇宙大爆炸理论正好相反。

细胞凋亡①：细胞一诞生，它就开始死亡。这倒不是它自行衰竭，或者说因衰老而死亡——不是的：细胞一诞生，并启动了它的生命程序后，就自动启动了相反的程序，即死亡程序。此外，如果死亡的程序设计存在任何的缺陷，细胞就将无限地存活下去，并无限地生长下去。

这两种力量在任何事物中都是互相结合的，如同离心力和惯性力，重力和反重力。

被另一团火焰照亮的一团火焰，它是否也能在墙上留下影子呢？

无论是从名声中还是从性欲中，剩下的就只有对时间的怀念，只有在对时间的怀念中，名声和性

---

① 细胞凋亡（Apoptose），一种生物学现象，允许细胞受到某些触发因素刺激时能自行毁灭的一种机制。

欲才具有意义(通常是一个相对于另一个而言)。但是对于性的怀念,它本身就是刺激性欲的——要么就是性欲本身永远也不是怀旧。

就我所能回忆起来的时间而言,我从来都没有不幸过。不可能变得不幸——这是一种先天性的残疾。这是一种诅咒,一种比所有其他的不幸更坏的不幸。这如同天生的失明。人家和你谈论着一个视觉的世界,对此你又完全无法证明。人家和你谈论不幸的世界,对此你又毫无深层的直觉。

早在2000年之前,人们就已经处在21世纪了。由此预言2000年将不会到来。相反,一旦跨过了2000年的门槛就会发现,人们仍然绝望地生活在20世纪,要不然就是在19世纪。这也许是另一个时间箭头的效果之一:在冲向一个后续状态的同时,人们又冲向另一个方向,冲向一个提前的将来。

当想到鸟类是从恐龙变来的时候,人们可能会寻思:同样神奇的蜕变一般来说会把人类和哺乳动物变成什么。人们是否可以想象出某种既区别于人类又区别于哺乳动物的东西,就像燕子区别于霸王龙那样?

年底的风暴由西到东,完全沿着与去年夏天日食同样的路线推进。"全食带"(path of totality)变成了"虚无带"(path of nihility)。

当人们跟随风暴的同样路线,以其同样的速度,在火车上以每小时180公里的速度自西向东行驶时,人们会觉得自己就成了风暴本身。

他曾经用测谎仪测试了他所有的物品。你猜猜发生了什么事?结果是它们都承认在功能方面说了谎。

他还用测谎仪测试了现实和真理本身。它们则承认从来就没有相信过这些东西。

最后,他让测谎员自己接受了测谎仪的。这就像马尔科维奇①使自己短路一样:一切都只能是谎言。

所有的媒体都致力于身份的东西,卫生的东西,安全的东西,人道主义的东西——广告的东西。② 在"aire"这个后缀中,有种东西很好地突出了我们文化的特征,即现成的思想和统一的思想的殡仪馆。

电影《成为马尔科维奇》中奇特的场景,当马尔

---

① 马尔科维奇(John Malkovich,1953—),美国著名演员,代表作有《推销员之死》《危险关系》《成为马尔科维奇》等。
② 这五个"某某的东西"在法语中分别为"identitaire""sanitaire""sécuritaire""humanitaire""publicitaire",都以"-taire"结尾。

科维奇进入他自己的皮囊中时,在将自己认同于自己时,便产生了大量的马尔科维奇的转移。短路产生了一种巨大的拉尔森效应,人们可以称之为"马尔科维奇效应"。

人们说:电视节目,这能促进销售(书)。销售,这又能使人看书,而看书,这有利于文化,如此云云。同样的螺旋形自我暗示也适用于广告:广告,这能促进销售,销售,这能促进消费,而消费,这能促进享受。

在 2000 年这个震耳欲聋的期限到来之际,人们纷纷丢卒保车,低调行事。2000 年其实只是虚张声势而已,甚至连大千年虫(Big Bug)都没有爆发。面对灾难的不在场,一种满足感和极度失望的混合状态。

但是说到底,一千年时难道不也有这种故弄玄虚么？回顾一千年时的情景：人们既回溯性地编造了千年的大恐慌，又提前编造了 2000 年的大恐慌。

领土，身体，真实，这张表格在物质形式上还没消失，但它们在形而上学方面已经消失。

从前，陶冶是通过火对激情进行的净化，今天则是通过潮水对它们进行的清除。

幸福的记忆只有通过记忆的操作才能成为幸福的记忆。在所有这些神奇的东西面前，我对我所看到的东西没有任何想象。这就好像我蜷缩在眼睛的深处，整个意识已经熄灭；我远远地看着它们鱼贯而行，穿过它那透明的情绪，它那厌烦和见识过(déjà-vu)的面纱。

所有的真实都在那里，都在场，天空，女人，太阳,无法进入表现的行为。

巨大的谣言或精神的中毒,通过它们,意义和真实在无穷无尽的大出血中流淌。"他曾经看到进步的胜利在宽容中不断增长——普及性教育,全民普选,多数者的权利,妇女的权利,儿童的权利,犯人的权利,不同种族的团结,社会保险,公共卫生,享受司法的权利——延续了三个世纪的革命斗争圆满成功,同时教会和家庭的封建桎梏被打碎,贵族的特权大大民主化,尤其是力比多的特权,失去其抑制的权利,自发做事的权利,排尿权,排粪权,打嗝权,以各种姿势交媾的权利,三人、四人、多姿势性交的权利,以自然方式达到高贵的权利,成为原始人的权利,将休闲中的灵巧与凡尔赛宫的奢华相结合的权利,带着萨摩亚国木槿花下的那种色情的潇洒自如。一种浪漫主义的阴影在今天已经成形。种族主义,所有这些奇怪的色情学说,异国情调和地方色彩,都已经被分解,大众继承了所有这些处于退化中的东西,形成了某种观念,即作为白人的痛苦和作为黑人的赎罪能力……"

现实性是一种不治之症。

帕拉戈尼亚别墅①——巴勒莫。

别墅周围装饰着许多怪物、小矮人和畸形的人像,完全参照建造这座别墅的帕拉戈尼亚公爵的形象——他本人长得不具人形,丑陋畸形。而为了纠正这个不幸,他以狡黠的才智,在所有房间里,包括天花板,都铺上了凸面镜或是凹面镜,结果是每个人在镜子里都是扭曲的和畸形的,也包括他的妻子。她长得非常漂亮,公爵不能忍受她因此而骄傲。他还在大厅的前庭里写下了这样一段文字(别

---

① 帕拉戈尼亚别墅(villa Palagonia),位于意大利西西里大区巴格里亚,由18世纪巴勒莫贵族所建。因为其中一些石头雕像形象吓人,因此也被称为怪物别墅。

墅本身就建成了螺旋形):

> Specchiati in quelli cristalli
>
> e nell'istessa
>
> magnificenza singular
>
> contempla
>
> di fralezza mortale
>
> l'immago espressa. [1]

"看看这些水晶中的你吧

就在这同样的

独特的华丽中

凝视

一个死亡性脆弱的

急切的形象。"

然而,帕拉戈尼亚公爵这种倒错的想象也欺骗

---

[1] 本段文字为意大利语,意同下节引文。

了他自己。因为如果图像突出了任何事物的死亡性脆弱,尤其是美丽的脆弱,它只是将这种脆弱展示给人而已——它自己并不脆弱,它甚至保护着我们不受脆弱的侵袭。如果说死亡在图像中出现,那么它就不能同时在想象中出现。水晶最终会吸收掉死亡,镜子吸收掉奇形怪状,图像吸收掉所有的真实激情,而且改变其临终的形象(这与帕拉戈尼亚正好押韵[1])。

如果图像是死亡的在场,那么就不存在对死亡的想象。

如果时间是任何事物的纯粹图像,那么就不存在对时间的想象。

如果图像是现实的竞争对手,而且是一个胜利的对手,那么就不存在对现实的想象。

---

[1] 在法语中,"帕拉戈尼亚"(Palagonie)和"临终"(l'agonie)正好押韵。另外,作者在拼写这个意大利地名时,时而用意大利语的"Palagonia",时而用法语化的"Palagonie"。

这样，不管是帕拉戈尼亚别墅，还是嘉布遣会地下墓穴，那里数百个用防腐香料保存的幽灵竖立于长廊上，这两个地方都不能给我们以死亡和死亡性脆弱的想象。这些都是拟像，它们通过死亡的场景就死亡问题进行贸易洽谈，死亡本身是无法想象的。拟像的魅力，总是或多或少带有丧葬和忧郁的感觉，它使得我们不用在幻觉和现实之间作选择。

在巴勒莫郊区的中心，别墅花园里呈法兰多拉舞场面的怪物和别墅本身，如今被一群比这些怪物更为可恶的东西包围着，这就是混凝土大楼和汽车交通的疯狂，噪音和现代化的狂热——正如塞罗内蒂可能会说的，是真正的地狱的第七层[①]，一种技术性的迸发，这一技术性从它的想象中删去了思想本身和**恶**的本原。从技术角度来看，别墅空间勾画出最后的启蒙性痕迹，还可以在短时间内把脆弱的寂

---

① "地狱的第七层"，典出但丁《神曲》。在《地狱篇》中，但丁按照罪孽将地狱划分为九层，其中第七层的罪行为施暴。

静保存在镜像中。

真正的死亡即毁灭、灭绝倒是在外面,现代性的纯粹产品,恶的火花还在抵抗着这种产品,而且比任何道德价值都更有效。

那些被"归还"了视觉的天生失明者,或做过白内障手术的患者,他们经常在一种慌乱中不知所措,这种慌乱甚至会导致自杀。因沉浸在一个未知世界中而受到创伤——就好像人们突然把性当作礼物送给无性别的生灵那样——会发生什么事呢?如果人们向动物打开语言维度,它们会怎么样呢?如果突然将自由奉送给人类生灵,他会怎么样呢(俄罗斯的农奴在他们那个时代曾经起来反抗解放运动,而自由无疑还没有结束它动摇我们的工作)?

必须想到这一点,即每种功能、每个意义、每个新维度都自动是一种增值,这真是奇特的误解。这与运动、声音、凹凸、图像要与色彩结合的问题是一样的问题。我们要进入**虚拟**的入口也存在同样的问题。对整个人类种群来说,这个人工维度的开放将会怎样呢？它是否就像我们的第六感官？我们是否就是那些天生失明者，人家会把视觉归还给我们？我们是否就是那些"虚拟世界的手术患者"，被数字圣迹治愈的病人？我们不仅陶醉于所有新的可能，而且还因为第四维度的开启而变得疯狂和不知所措，而第四维度对于我们来说，就如同语言对于动物一样极其陌生？

与其说是被圣迹治愈的病人，难道我们不更像瑞米耶日的被割筋者——跟腱被割断，肌肉已经萎缩，在梅杜萨之筏[①]上漂泊着，在我们的液晶屏幕终端上漂流着？

"世界上没有这样一个女人，对她的拥有比她向你揭示的真相更为宝贵，因为她一边让你承受痛苦，一边向你揭示真相。"

但是这个神奇的真相又是怎样的呢？

说拥有是一个诱饵，而且忍受痛苦是无用的

[①] 同名画作《梅杜萨之筏》(*Le Radeau de la Méduse*)为法国画家籍里柯(Théodore Géricault, 1791—1824)的代表作。

吗？真相难道不就是一种从来没有兑现且总是令人失望的诺言吗？真相，就是女人再没有什么可以奉献给你，只有被你拥有，如果她不拒绝的话。拒绝你就像真理拒绝你一样。对该问题的揭示就是这种揭示，即对真理的拥有，如同对女人的拥有一样，这是一个诱饵，而世界最终是**恶**之成就和丑行之地。总而言之，是对上帝不存在的揭示。

然而，如果向我们揭示了真理的不在场，它会比真理还要宝贵。是否必须经历痛苦才能达到最终目的呢？任何通过经历痛苦而被揭示的真理都是一种欺骗。女人是一种欺骗。上帝是一种欺骗。这个建议本身也是一种欺骗。这种欺骗只有在其文学性中才是美丽的，只有在无法溶解的意义中才是美丽的，因为它不再拥有它所谈论的真理。

"值此危难之际，若想有所作为，则须献出生命"(弗朗索瓦兹·德·塞泽利[①]致纳博讷[②]行政官的信——1582年8月)。

[①] 弗朗索瓦兹·德·塞泽利(Francoise de Cézelli,1558—1615),法国女骑士和战争英雄。1590年,她率领军队在勒卡特战役中击退了西班牙军队。
[②] 纳博讷(Narbonne),法国南部奥德省的一个市镇。